KB042983

무림에 떨어진 현대인 2

초판 1쇄 인쇄일 2021년 03월 10일 | **초판 1쇄 발행일** 2021년 03월 16일

지은이 청루연 | **펴낸이** 곽동현 | **담당편집 팀장** 이범수
편집부 정요한 최훈영 조혜진

펴낸곳 (주)조은세상 | 출판등록 제2002-23호.
주소 서울특별시 동작구 동작대로1길 27 5층
TEL 02)587-2966 | FAX 02)587-2922
E-mail bukdu@comics21c.co.kr

청루연ⓒ2021
ISBN 979-11-6591-689-3 | ISBN 979-11-6591-687-9(set)
값 8,000원

무림에 떨어진

청루연 신무협 장편소설

현대인

2

청루연 신무협 장편소설

NEO ORIENTAL FANTASY STORY

CONTENTS

8章. … 7

9章. … 49

10章. … 93

11章. … 143

12章. … 183

13章. … 231

14章. … 269

8章.

5×0=0이다.

이 개념을 과연 중원인들이 이해할 수 있을까?

황당하다는 듯 멍해진 얼굴의 제갈운.

"다섯이라는 수와 공(空)이 어떻게 곱해질 수가 있죠?"

제갈운의 인식 속. 공허한 공간 속에 막대기 다섯 개가 둥둥 떠 있었다.

그것은 단지 하나의 장면으로만 인식될 뿐, 결코 수학적으로 접근하지 못하는 그였다.

조휘가 아무렇지 않은 듯 대답한다.

"공(空)도 수(數)가 될 수 있다는 생각, 한 번도 안 해 봤는지요?"

"……뭐라고요?"

공(호)이 수라고?

이 무슨 해괴한 논리란 말인가?

"수라는 것은 존재(存在)를 기반으로 하는 법. 아무것도 없는 공허가 어떻게 수가 될 수 있죠?"

"……."

그럼 그렇지. 어휴.

날 때부터 이 개념을 받아들인 현대인에게는 당연히 0도 숫자겠지만, 중원인들에게 제로의 개념이란 아직 형이상학적으로만 들릴 뿐이겠지.

"아닙니다. 됐습니다."

"아, 아니 잠깐만요! 말씀해 보시죠! 어떻게 다섯의 수와 공(호)이 곱해질 수가 있습니까?"

조휘가 대수롭지 않게 대답한다.

"곱할 수 없으니 공(호)이죠."

"네? 그 무슨……?"

멍한 얼굴의 제갈운.

막대기는 수로 가늠되지만 허공은 수로 가늠할 수가 없다.

이처럼 서로 곱해지지 않으니 막대기는 당연히 남아 있는 것이 된다.

"공(호)은 수(數)와 곱해지지 않으니 다섯이라는 수는 당연히 남아 있지요! 그 무슨 해괴한 논리입니까!"

무심결에 나온 조휘의 나지막한 읊조림.

"어휴…… 빡대갈……."

"빡…… 뭐라고요?"

"아, 아닙니다."

천하의 신기제갈가, 그 제일의 후기지수 소제갈이 순식간에 빡대가리로 전락하는 그 순간, 조소에 찬 남궁장호의 목소리가 들려왔다.

"스스로의 지식으로 설명할 수 없다면 다른 모든 이의 지성을 무시하는 것이 저 오만한 제갈 놈들의 실체요. 신기제갈? 하하!"

아니…… 님?

방금 전만 해도 온몸으로 정파의 기운을 발산하던 분이 갑자기?

아직 남궁세가와 제갈세가의 관계에 대해 잘 모르는 조휘로서는 얼이 빠질 지경.

"다른 모든 학문을 폄훼하고 오직 검만이 전부인 줄 아는 어느 광인 집단도 있는데요, 뭘."

남궁장호가 콧방귀를 꼈다.

"잔재주만 가득한 백면서생으로 살 바에야 차라리 혀를 깨물고 죽어 버리겠다. 일평생 검에 정진하는 무사의 삶이야말로 진정한 구도자라 할 수 있지."

"에휴…… 저러니 우스갯소리로 안휘팽가 소리나 듣죠. 저는 뇌까지 근육으로 변하긴 싫네요."

"뭐라고? 너무 작아 안 들리는데? 혹시 말을 붓으로 쓰나?"

"아! 유치해! 그만들 하세요 좀!"

남궁소소의 뾰족한 음성에 남궁장호와 제갈운이 약속이나 한 듯이 서로를 외면했다.

"하하! 소검주와 소제갈이 함께 모인 자리에 이 도화공자가 빠질 순 없지! 형님! 저도 앉아도 되겠지요?"

스리슬쩍 자리에 엉덩이를 디밀어 보는 화서명.

그러면서도 시선은 당연하게도 남궁소소에게만 고정되어 있다.

순간 조휘의 두 눈이 이채를 발했다.

'……이놈은?'

틀림없다.

먼발치였지만 아버지와 화씨검문에 갔을 때 분명 보았던 놈이었다.

서주자사 방불여에게 다리를 놔 준다는 약속의 대가로 아버지의 은자 이천 냥을 떼먹은 그 말종 새끼.

아버지뿐만 아니라 저놈에게 피해를 당한 사람이 한둘이 아니었다.

양민의 돈을 떼먹는 것쯤은 그저 일상인 놈.

합비를 활동하며 들었던 저놈의 디테일한 소문은 한마디

로 가관이었다.

물론 화서명은 조휘를 알아보지 못했다.

청탁을 위해 가문을 찾아오는 빈객들의 얼굴을 화서명이 일일이 기억하지 못하는 것도 있었지만, 애초에 조휘는 먼발 치에서 그를 한 번 본 것뿐이었다.

조휘가 그를 아는 척했다.

"반갑습니다. 조가철방의 조휘라고 합니다."

조가철방의 상호가 안휘철방으로 개명된 지 꽤 시간이 흘렀지만, 조휘는 일부러 조가철방이라는 상호를 사용했다.

"아, 그렇소?"

대충 눈인사만 건네고 곧바로 남궁소소를 향해 싱긋 웃어 보이는 화서명.

창천검패를 지닌 것을 봤으니 망정이지 원래였으면 곧바로 하대부터 나갔을 것이다.

'하······.'

확실하다.

거금 이천 냥을 꿀꺽하고도 이 빌어먹을 새끼의 기억 속에 이미 조가철방은 없는 것이다.

"나는 아직도 작년 중양절에 감상했던 소저의 연주를 잊을 수가 없소! 언제 다시 소저의 연주를 들어 볼 수 있겠소?"

남궁소소는 그런 화서명의 말에 뭔가 생각났다는 듯 조휘를 향해 밝게 웃었다.

"아참! 일전에는 경황이 없어 제대로 인사를 드리지 못했어요. 죄송해요. 가르침에 너무 감사했어요."

어느새 자리에서 일어나 학처럼 유려한 몸짓으로 포권하는 남궁소소.

조휘가 깜짝 놀라며 자리에서 일어나 마주 포권했다.

"과한 예입니다. 거두시지요."

남궁장호가 호기심을 드러냈다.

"너도 소협과 논검을 했느냐?"

남궁소소가 한심하다는 듯이 오빠를 쳐다본다.

"오라버니의 머릿속에는 무공밖에 없어요?"

"……그럼 뭘 배웠다는 것이냐?"

남궁소소의 눈이 똥그래진다.

"그건 전혀 다른 경지의 악예(樂藝)였어요. 마치 이 세상의 것이 아닌 것 같은 그런 선율이었죠."

"악예? 선율?"

잔뜩 미간을 찌푸리는 남궁장호.

이번에는 제갈운이 호기심을 드러냈다.

"당신…… 악예에도 조예가 있었나요?"

그 대단한 남궁장호의 자존심마저 허물어 버리는 무학적 성취만으로도 놀라울 따름이다.

거기에 소제갈이라 불리는 자신조차 경외하게 만드는 산법의 대가였다가 이제는 뭐? 악예라고?

"저는 그저 자그마한 철방을 운영하고 있는 장사치일 따름입니다. 과한 관심에 민망합니다."

게다가 본업은 상인?

도대체 뭐지 이 인간은?

한 인간의 성과가 이토록 다양한 분야에 미칠 수 있단 말인가? 그것도 저 나이에?

천재라 불리는 자신조차도 불가능한 일이다. 이 합비 땅에 그야말로 엄청난 잠룡이 숨어 있었다.

눈앞의 이 청년을 만나게 된 것이, 어쩌면 이 합비에서 얻은 최대의 수확인지도 모른다.

곧 제갈운이 품에서 봉황이 그려져 있는 부채를 꺼냈다.

온통 금으로 치장되어 있는 화려한 부채였다.

"이것은 본 세가의 봉황금선(鳳凰金扇)입니다. 당신을 본 세가의 빈객으로 모시고 싶어요. 언제든 편하실 때 찾아오세요. 이것을 내밀면 저를 대하듯 맞이해 줄 거예요."

남궁장호가 인상을 찌푸렸다.

제갈세가에 창천검패처럼 빈객에게 가문의 명성과 명예를 대변하는 물건을 발급하는 제도는 없었다.

그럼에도 봉황금선은 그와 비슷한 위력을 발휘한다.

봉황금선을 지녔다는 것은 제갈세가의 친우(親友)라는 뜻이니까.

지금 이 새끼가 창천검패의 소유자에게 개수작을 부리고

있는 것이다.

"······치우지?"

제갈운은 남궁장호의 살벌한 시선을 담담하게 받을 뿐이었다.

"왜요? 왜 그래야 되죠?"

남궁장호의 눈빛이 더욱 깊게 가라앉았다.

"조휘 소협은 검패의 주인. 본 세가의 외인(外人)이 아니란 소리지. 네놈의 수작질로 어떻게 해볼 인물이 아니란 뜻이다."

"글쎄요? 다른 문파에 소속된 무인을 빈객으로 초대하지 못하는 법이 있나요? 그게 무슨 강호의 법도죠? 지금 이 시간에도 강호의 문파들은 서로 수많은 교류를 하고 있죠. 빈객으로 모시고 싶다는 그 순수한 호감이 왜 수작질이 되는 거죠?"

"그런데 이 새끼가?"

남궁장호가 마치 검을 뽑을 기세로 벌떡 일어났다.

재빨리 그의 주위로 달려가는 남궁세가의 후기지수들.

"참으십시오!"

"소검주님! 안 됩니다!"

이성적으로는 누가 참아야 한다는 걸 모르나?

통탄할 일이지만 붓질 한 번으로 이 안휘를 들었다 놨다 할 제갈 놈들이 너무 많았다.

저 빌어먹을 놈들은 무림맹의 주요 요직을 죄다 장악하고 있다.

그래서 더 싫다.

뭔 무림맹에 무인은 없고 죄다 정치질만 잘하는 얍삽한 잔대가리들로 가득한지.

조용히 이를 지켜보던 조휘가 드디어 입을 열었다.

"호의는 감사하지만 받을 수 없습니다."

조휘의 사업 무대는 어쨌든 안휘다.

이 안휘 땅에서 남궁세가의 비위를 거스르고 살아남을 장사꾼은 없을 터.

남궁장호가 저리도 경기를 하는데 굳이 무리하면서까지 제갈세가와 친분을 쌓을 필요가 없는 것이다.

물론 제갈세가도 오대세가에 속한 대단한 가문이다.

그러나 자신에게 필요한 것은 지혜가 아니라 무력. 지혜는 현대인의 경험만으로도 충분했다.

게다가 한림대학사 만상조 어르신이 함께하고 있는 터.

"……아쉽군요."

제갈운의 얼굴에 진한 아쉬움의 빛이 떠올라 있었다.

입술을 꼭 깨무는 것이 마치 여인 같다. 말투로 보나 체구로 보나 남장여인이라고 해도 믿어질 판국이다.

십 년 묵은 체증이 사라진 듯한 상쾌한 얼굴로 그 광경을 지켜보던 남궁장호가 문득 조휘를 향해 정중히 포권했다.

"잡객들이 봄비는 바람에 흥이 상했소. 술을 대접하는 것은 다음으로 미루다."

인사를 마친 남궁장호가 자리에서 벌떡 일어나 남궁세가의 후기지수들을 훑어봤다.

"대충 배를 채웠으면 출발하지."

곧 그가 제갈운 쪽도 한 번 슬쩍 쳐다보다가 발걸음을 옮긴다.

내키진 않았지만 가문의 명이 있었기에 어쩔 수 없는 노릇.

"따라오든지 알아서 하라."

제갈운과 함께 싸잡아 잡객(?)이 되어 버린 화서명도 한 차례 눈살을 찌푸리더니 남궁장호를 따라갔다.

"형님! 같이 갑시다!"

문득 조휘가 남궁소소를 응시했다.

"무슨 바쁜 용무라도 있으십니까?"

대답은 제갈운이 했다.

"저희는 달포 후에 화산에서 열리는 소룡대연회에 참가한답니다."

"소룡대연회요?"

조휘도 풍문으로 들은 적이 있었다.

삼 년마다 한 번씩 열리는 강호 후기지수들의 대축제.

가장 큰 행사로는 각파의 연무공연과 비무대회가 있고, 그 밖의 기예 즉 다도(茶道), 서화(書畵), 필법(筆法), 악예(樂藝) 등 다양한 분야를 교류하는 모임이었다.

비무대회를 제외하고는 굳이 형식에 구애받지 않았다.

재주가 있으면 서로 어울려 겨루거나 토론하고 감평할 뿐.

각 문파의 후기지수들은 소룡대연회를 통해 별호(別號)를 얻는 것이 최대의 희망사항이었다.

소검주나 소제갈 모두 삼 년 전의 소룡대연회에서 얻은 그들의 별호.

'잠시만…… 화산이라고?'

조휘의 머릿속에 문득 떠오른 생각.

화산은 섬서성(陝西省)에 있다.

검신 어르신께서 말씀하신 검총의 위치는 섬서와 감숙의 경계 지점인 감천(甘泉). 화산과 불과 지척인 것이다.

조휘의 머릿속이 순간 번뜩였다.

"혹시 저도 동행할 수 있겠습니까? 갑작스런 불청객이니 여비는 제가 좀 더 부담하겠습니다."

섬서, 감숙 쪽으로는 아무런 견문이 없는지라 그렇지 않아도 검총으로 가는 길이 부담스러워 여정을 망설였었다.

하지만 이들과 함께하는 여정이라면 말이 틀려진다.

쟁쟁한 무림세가의 후기지수들.

이들보다 더 든든한 여행길의 동반자는 없을 것이다.

그리고 화산을 보고 싶다.

구대문파(九大門派).

그들의 상징성은 오대세가와는 완전 다르다.

오대세가는 적극적으로 세속에 얽혀 이익을 추구하거나

세력을 확장하기 때문에 좀 더 친근했다.

구대문파는 좀 달랐다.

물론 그들도 문파를 유지하기 위해서는 돈이 필요했고, 때문에 세속과 전혀 어울리지 않는 것은 아니었다.

그러나 그들은 속가(俗家)를 두어 객잔이나 표국을 운영했다.

본산(本山)은 향화객의 시주나 받을 뿐 결코 전면에 나서지 않는 것이다.

소림, 아미, 무당, 화산, 종남, 곤륜…….

기본적으로 그들은 무욕(無慾)과 무위자연(無爲自然)을 최대의 가치로 삼는 승려와 도인들이기 때문이다.

그러므로 평범한 양민이 구대문파의 고수들을 보는 것은 매우 드문 일이었다.

그래서 뭔가 전설적인 느낌이 든다.

소림의 달마선사, 무당의 장삼봉, 화산의 풍양진인, 아미의 멸절사태 등.

천년 무림사에 신화로 남은 존재들 역시 대부분 구대문파 출신.

더욱이 화산은 당대의 천하제일 아닌가?

그런 조휘의 요청에 남궁소소와 제갈운이 동시에 화색을 표했다.

"소협과의 동행이라면 대환영이죠."

"호호! 여비 걱정일랑 마세요!"

검총(劍塚).

조휘의 가슴이 두근거리기 시작했다.

◆ ◈ ◆

덜컹거리는 마차 안.

조용히 눈을 감은 채 명상하고 있는 남궁장호나 서책을 읽는 데 골몰하고 있는 제갈운과는 다르게 화서명의 입은 쉴 새 없이 재잘거리고 있었다.

"거참, 내 입으로 말하기 뭐하지만 우리 화씨검문의 사업은 실로 방대하다 할 수 있소. 아마 그대가 상상하는 이상일 것이오."

뿌듯한 얼굴. 득의양양한 미소.

그러면서도 남궁소소를 힐끔거리는 것이 좋아하는 여자를 의식하는 태가 역력하다.

"그렇군요. 저 역시 합비의 그 유명한 명화전장은 알고 있습니다."

화씨검문이 거느리고 있는 사업체 중 가장 큰 규모라 할 수 있는 명화전장.

그 정도는 조휘도 파악하고 있었다.

화서명이 더욱 득의양양해졌다.

"핫핫! 명화전장뿐이겠소? 개양표국과 백이객루, 천향포목점, 그 외에도 조그마한 객잔 몇 개가 더 있지."

조휘가 짐짓 깜짝 놀라는 척했다.

"놀랍습니다! 개양표국은 안휘제일을 다투는 표국이 아닙니까? 더욱이 백이객루 역시 누각의 꼭대기에서 바라보는 풍광의 정취가 남달라 사람들의 발길이 끊이지 않는다고 들었습니다!"

"핫핫핫! 잘 알고 있군! 그대의 식견도 보통은 아니외다!"

한껏 흡족해진 화서명의 얼굴.

처음에는 세가의 쟁쟁한 후기지수들의 시선을 한 몸에 받는 것이 마음에 들지 않았다.

짜증나게 남궁소소와 친밀해 보이는 것도 속이 뒤집어졌다.

그런데 대화를 계속하다 보니 제법 괜찮은 놈이지 않은가?

"필시 그 조그마한 객잔이라는 곳도 대단한 곳 같습니다만……."

화서명의 광대가 더욱 승천한다.

"핫핫! 자꾸 부끄럽게 왜 그러는 거요? 말이야 바른 대로 말이지, 사실 홍려객잔이나 만수객잔 정도면……."

적당히 띄워 주니 술술 다 분다.

조휘는 그가 말해 주는 화씨검문의 사업장들을 빠짐없이 머릿속에 체크해 두었다.

화서명은 얼음장처럼 냉정한 표정으로 변한 조휘의 얼굴

을 눈치채지 못한 채 끊임없이 자랑질을 늘어놓고 있었다.

그때, 마부석과 연결된 창틀이 드르륵 열렸다.

"소가주님. 조금 문제가 생겼습니다."

남궁장호의 감겼던 눈이 천천히 떠졌다.

"무슨 일이냐?"

"채기(寨旗)가 서 있습니다."

"……뭐라?"

선두마차에 남궁세가와 제갈세가의 깃발을 걸어 두었는데 털어먹겠다고 깃발을 올려?

산적 새끼들이 미치지 않고서야 그런 병신 같은 일을 벌일 리가 있나?

"여기가 어디 영역이냐?"

"대호채(大虎寨)입니다."

"대호채?"

대호채는 녹림칠십이채 중에서도 세력이 가장 약한 축에 속했다.

남궁세가의 일개 단(團)만 동원해도 줄초상 치를 놈들이 진정 맛이 간 것일까?

남궁장호가 마차의 구석에 세워 둔 창천검(蒼天劍)을 으스러지게 쥐더니 곧 거침없이 문을 열어 재꼈다.

"이 새끼들이 낮술을 처먹었나!"

엄청난 기도를 발산하는 남궁장호.

이윽고 그가 전방의 능선을 향해 짓쳐 갈 것처럼 몸을 여미
자, 아직 마차에 타고 있던 제갈운이 혀를 찼다.

"쯧쯧, 저 보세요. 뭔 짐승도 아니고 일단 뛰어들고 본다니
까? 사람에게 머리가 달려 있는 것은 생각을 하라고 달려 있
는 거잖아요?"

"뭣이!"

"아니, 생각을 해 보라고요. 대호채에는 다 머저리들만 있
을까? 그들도 사람인데 목숨을 아까워하지 않을까? 우리들의
세가기(世家旗)를 보고도 채기를 올렸다는 것이 무엇을 의미
하는지 정말 모르시겠어요?"

조휘가 동감한 듯 고개를 끄덕인다.

"책략이든 무력이든 이쪽의 역량과 비교해도 해볼 만한 뭔
가를 지녔다는 뜻이겠지요."

"그거죠. 강호는 그리 호락호락한 곳이 아닙니다. 안휘팽
가님."

이 새끼가?

왜 자꾸만 하북의 근육 팽가 새끼들과 똑같은 놈 취급을 하
는 거냐!

"항상 일도 벌어지기 전에 이리 재고 저리 재는 서생 나부
랭이들만 무림맹에 가득하니 흑도사파가 이리도 득실거리는
것이다. 이 망할 먹물 놈아."

"후…… 채기나 자세히 좀 들여다보시죠?"

그제야 능선 꼭대기에 펄럭이는 채기를 발견한 남궁장호.

"……곰?"

깃발에 새겨져 있는 것은 틀림없는 붉은 곰.

뭔가 이상하다.

대호채의 상징은 그 이름처럼 호랑이가 아니던가?

"녹림에 붉은 곰을 상징으로 하는 곳은 단 한 곳뿐이죠."

아무리 세가의 소가주라도 아직 후기지수다.

남궁장호의 견문 속에는 없는 정보인 것이다.

또한 흑도사파에는 워낙 관심이 없는 그의 특성이기도 했다.

"적웅기(赤熊旗)는 그 유명한 녹림대왕(綠林大王) 철웅패
(鐵熊覇)의 상징. 지금 이 산에는 녹림대왕이 와 있거나 최소
그의 제자 혹은 직속친위대가 와 있다는 뜻이죠."

"……철웅패?"

잔뜩 구겨진 남궁장호의 얼굴.

칠무좌까지는 아니지만 거의 그에 준하는 명성을 지닌 자다.

낭인이라는 비천한 출신으로 혈혈단신 오롯이 녹림대왕에
오른 입지전적인 무인.

사파의 무인 중에서 유일하게 남궁장호로 하여금 인정할
수밖에 없게 만드는 사내였다.

"어이쿠. 불행하게도 가장 안 좋은 상황이군요. 그대로 뛰
어가서 한바탕했으면 아주 그냥 묵사발이 됐겠습니다만."

거친 적포(赤袍)를 휘날리며 질풍처럼 산비탈을 내려오는

자들.

마치 거대한 피바람이 쏟아지는 듯한 엄청난 광경이었다.

그 기세가 얼마나 무시무시한지 늘 당당한 남궁장호조차 움찔할 정도였다.

적웅질풍대(赤熊疾風隊).

녹림대왕 직속의 무력단체이자 단일의 대(隊)가 웬만한 문파의 역량과 비등하다고 알려진 괴물들.

그 괴물들이 이 한적한 대호채의 영역에 왜? 무슨 일로?

하지만 명가(名家)가 괜히 명가던가?

진득하게 입술을 깨물고 있던 남궁장호가 한껏 내공을 실어 일갈했다.

"대(大)남궁! 개전(開戰)을 명한다! 대(對)살상전에 돌입하라!"

"충!"

"충!"

후기지수들이라고는 믿을 수 없는 강렬한 기세!

집단난전에 가장 능하다고 평가받는 남궁세가, 그 전투명가의 등장이다.

물론 신기제갈(神機諸葛)도 만만치 않았다.

"진석(陣石)과 배열목의 사용을 허가합니다. 기진사(技陣士) 전원 후방에 태을미리진을 설치하세요."

제갈운의 명에 제갈세가의 후기지수들도 알록달록한 돌과

주술이 새겨진 나무줄기들을 품에서 꺼내더니 서둘러 후방으로 빠졌다.

제갈운이 남궁장호를 힐끔 쳐다보았다.

"승산이 없다고 판단되면 바로 진으로 들어오세요. 생문(生門)은 들어오면 알려 드리죠. 뭐, 싸우지 말라고 해서 들을 당신도 아니지만 적어도 저들을 이끌고 있다면 희생을 줄이는 것도 당신의 책무겠죠."

자존심이 상했지만 상황이 그리 녹록한 편이 아니다.

남궁장호가 침중한 얼굴로 고개를 끄덕인다.

"……좋다."

그 모든 광경을 지켜보던 조휘가 내심 탄성을 질렀다.

'……정말 으마으마하구만.'

현대에서는 기세(氣勢)라는 것을 경험하기 쉽지가 않다.

그저 책에서나 그런 표현을 들어 봤을 뿐 실제로 접해 보니 이건 뭐 진짜 장난이 아니다.

전신에 시뻘건 망토를 두른 근육 인간들이 그야말로 질주를 해 오고 있었다. 아무리 봐도 저건 깎아지른 듯한 산비탈.

한데 그 엄청난 지형을 저런 비대한 몸집들로 날다람쥐처럼 타고 내려온다. 그 광경이란 도무지 현실로 받아들이기 힘들 지경.

사람의 탈만 쓰고 있을 뿐, 저건 마치 인간의 굴레를 벗어난 움직임이 아닌가?

하나의 잘 만들어진 CG를 보는 것 같은 비현실적 광경.

게다가 이쪽은 또 어떤가?

하나같이 부리부리하게 안광을 빛내며 검을 곧추세운 남궁세가의 검수들.

자신과 나이가 비슷한 후기지수들의 기세라고는 믿을 수 없을 정도로 맹렬하다.

무엇보다 가장 미친놈들은 제갈세가.

웬 색깔 입힌 잡석들과 기이한 문양이 새겨진 나뭇가지들을 품에서 꺼내 뒤로 획- 빠지더니.

곧 보법을 시전한 그들이 이리저리 바삐 움직이자, 후방의 반경 오백 미터 정도가 희뿌연 안개에 휩싸였다.

한 치 앞도 보이지 않는 짙은 안개.

-놀랍군. 사상미리진의 발전된 형태인가? 그보다 하나의 진을 뛰어난 실력의 법사(法師) 한두 명이 설치하는 것이 아니라, 수십 명이 협력해서 설치한다는 것이 더욱 놀랍구나. 그 말인즉 저들 모두가 태을미리진을 완벽히 이해하고 있다는 뜻. 기진사(技陳士)라…… 그들은 또 한 번 발전을 이루어 냈구나. 과연 공명(孔明)의 후예들이다.

명불허전 신기제갈을 향한 맹덕의 어르신의 진한 감탄.

진법의 단점은 그 긴 설치 시간에 있다. 마침내 제갈세가는 자신들의 가장 큰 약점을 극복해 낸 것이다.

조휘는 남궁장호가 일신에 뛰어난 무공을 지니고도 섣불

리 제갈운과 충돌하지 않는 이유를 이제야 알 수 있었다.

집단전에서의 제갈세가 기진사들이 얼마나 대단한 전력인지를 본능적으로 깨달은 것이다.

"대남궁! 돌진!"

남궁장호의 명령이 떨어지기가 무섭게, 적웅질풍대 무리 속에서 한 사내가 도약하며 거친 음성을 토해 냈다.

-잠깐!

휘리릭!

쿵!

단 한 번의 도약으로 남궁장호의 지척까지 단숨에 날아(?)온 인물.

조휘는 아직도 발밑이 덜덜 떨리는 듯한 감각을 느끼며 감탄성이 절로 튀어나왔다.

"와씨……."

현대인에 비하면 이곳 중원인들은 키가 큰 편이 아니었다.

그런데 눈앞의 이 거대한 사내는 다르다.

역팔자로 시원하게 뻗어 있는 송충이 눈썹.

아놀드 슈왈츠제네거 정도는 귀싸대기를 후려갈기는 온몸의 울룩불룩한 근육들.

가만히 들고 있는 것조차 힘들어 보이는 거대한 장창을 아무렇지도 않게 꼬나들고 있는 그 위용이 마치 하늘의 신장(神將) 같다.

"거 좋게 말로 합시다!"

조휘를 비롯한 모든 이들의 두 눈에 황당함이 서렸다.

살벌한 무기들을 손에 들고 핏빛 망토를 휘날리며 죽일 것처럼 먼저 내려온 게 누군데!

남궁장호가 더욱 긴장한 기색으로 검을 다잡는다.

"……당신이 철웅패요?"

"뭐, 뭐라고?"

씩씩!

거친 콧김을 내뿜으며 마치 한 대 칠 것처럼 근육 사내의 인상이 구겨지자, 남궁장호가 식겁하며 뒤로 물러났다.

"싯팔! 선 넘네? 내가 그 늙은이랑 나이 차이가 얼만데 그런 막말을 해? 눈깔은 장식으로 달고 다니나?"

그를 지켜보던 화서명이 조심스럽게 묻는다.

"혹, 연배가……?"

근육 사내의 고개가 화서명을 향해 휙 돌아갔다.

"열일곱인데?"

그 대답에 조휘가 어이없다는 듯한 표정을 했다.

물론 주위의 모두가 마찬가지.

아니 저 얼굴로?

저게 나보다 한 살 적다고?

마흔이라고 해도 믿겠는데?

현대에서도 무수히 많은 노안을 봐 왔지만 이건 노안 수준이 아니다.

분명 명백한 구라다!

"하하! 농이 지나치십니다. 저희를 시험하시는 거라면……."

"싯팔! 또 열 받게 하네! 왜 만나는 놈마다 죄다 늙은이 취급이지? 내가 열일곱이라는데! 내가 소년이라는데! 도대체 왜 안 믿는 거냐아아아아!"

동경(銅鏡)을 보기는커녕 평생 세수 한 번 안 한 것이 틀림없다.

얼굴을 씻었다면 물빛에 비친 본인의 얼굴을 한 번이라도 확인했을 테니까.

아? 산적이라 씻지를 않나?

"이거 원…… 뭔 말이 되는 소릴 해야 믿지. 헛소리 그만하고 신분을 밝히시오."

남궁장호의 도발(?)에 근육 사내는 더욱 발광했다.

"아아아아악! 정말 돌아 버리겠구만! 강 대주! 안 도와줄 거야? 왜 장승처럼 서 있기만 하냐고오!"

그렇게 근육 사내의 따가운 시선을 받자 적응질풍대주 강만호가 대열에서 한 발자국 앞으로 나섰다.

"명이시라면……."

적응질풍대주라는 직명의 위압감에 남궁장호를 비롯한 후기지수들이 더욱 긴장했다.

"예를 갖추시오. 이분은 녹림대왕님의 대제자 장일룡(張

一龍) 소협이오."

장일룡의 근육이 거칠게 씰룩였다.

"구배도 안 했는데 무슨? 제자 아니라니까 자꾸 그러네? 내가 그 늙은이한테 두들겨 맞기밖에 더했어? 아니아니! 그것보다 내 나이를 이자들에게 말해 주라니까?"

"녹혈보를 받아들인 이상 틀림없는 대왕님의 제자이십니다. 부디 자중하십시오. 그리고 소왕(小王)님의 나이는……."

씰룩씰룩.

웃음을 참는 태가 역력한 강만호 대주.

"웃어?"

강만호 대주가 장일룡의 추궁을 뒤로한 채 애꿎은 헛기침만 해 댄다.

"험험. 우리 소왕님의 나이는…… 틀림없이 큼! 후…… 열일곱이오."

"봤지? 들었지? 안 들렸어? 들은 것 맞지?"

거대한 체구의 장일룡이 들뜬 얼굴을 연신 사람들의 표정을 살피자.

"귀…… 귀여워!"

조휘의 고개가 남궁소소를 향해 부서지듯 꺾어졌다.

이 여자 취향 보소?

"아오 씨. 누가 무식한 산적들 아니랄까 봐! 대뜸 채기부터 올리고 덮쳐 놓고선 이제 와서 거 말로 합시다? 장난해요?"

희뿌연 안개를 헤치고 진 밖으로 나온 제갈운의 얼굴에는 짜증스런 기색이 역력했다.

"진석을 하나 만드는 데 돈이 얼마나 드는 줄 알아요? 아오! 됐습니다. 당신이 대왕의 제자라고요?"

장일룡이 가슴 근육을 불룩거리며 대답했다.

"제자 아니라니깐?"

제갈운의 게슴츠레 뜬 눈이 강만호 대주를 향했다.

"이 황당한 일을 벌인 이유나 들어 보죠. 분명 당신들의 행동에는 공격 의사가 담겨 있었죠. 이제 그 본성대로 저희 일행을 털어먹을 참인가 보죠?"

순간 강만호 대주의 두 눈이 강렬한 안광을 발했지만, 흘러나온 대답은 의외로 침착했다.

"이 구계산(九界山) 일대에서 정파의 후기지수들과 충돌하는 것이 얼마나 어리석은 짓인지 모르지 않소."

제갈운의 입장에서는 가장 황당한 대답이었다.

"아니 그걸 아는 양반들이 이런 짓을 벌여요? 불과 이십 리 밖에 무림맹의 하남지부가 있는 것도 알고 있죠?"

"……."

장강의 북쪽은 모두 무림맹의 영역.

이런 곳에 녹림칠십이채의 본단이라 할 수 있는 적웅질풍대가 나타난 것만으로도 대단히 위험한 행동이라 할 수 있었다.

"우리는 대왕의 명을 수행하고 있을 뿐 다른 이유는 없소."

"대왕의 명? 무슨 명이죠?"

강만호 대주의 가는 한숨 소리.

"후…… 소왕님의 호위(護衛). 그것이 우리의 임무요."

다시 장일룡의 대찬 목소리가 흘러나왔다.

"강 대주는 잘못 없거든? 갑자기 내가 채기를 올리고 산을 뛰어 내려가니까 우르르 따라온 것뿐이야."

그의 한심한 말에 지켜보던 조휘도 어이가 달아날 지경이었다.

저 근육 새끼가 지금 뭐라고 지껄이는 거지?

함부로 채기를 올리는 것이 얼마나 위험한지는 세 살 먹은 꼬마도 알고 있겠다 이 미친놈아!

"그럼 당신과 대화를 해야겠군요. 녹림대왕의 제자님."

"제자 아니라고! 난 그저 장일룡이다!"

문득 제갈운이 측은한 눈으로 강만호 대주를 응시하자, 그간의 고충을 알아줘서 고맙다는 듯 그가 조용히 눈을 감고 고개를 끄덕였다.

"휴…… 그래요, 장일룡 소협. 아무리 당신이 철이 없다고 해도 채기를 올리고 저희를 위협했으니 응당 그 책임을 져야죠?"

유들유들했던 평소와는 달리 제갈운의 두 눈은 북극성처럼 시리게 빛나고 있었다.

"조금만 늦었다면 양측의 사람이 다치거나 죽을 뻔했습니다. 강호가 무슨 장난인 줄 아십니까?"

냉기가 뚝뚝 떨어지는 음성.

장일룡도 조금은 움찔하는 기색이었다.

"아니…… 난 그저…… 이익! 그럼 내가 정식으로 대화를 요청했다고 쳐! 당신들 같은 잘난 명문의 제자들이 과연 콧방 귀나 꼈을 것 같아?"

장일룡이 자신의 장창을 거칠게 땅에 쑤셔 박았다.

쿵!

"바로 검부터 들이밀지 않으면 다행 아냐? 당신들은 녹림도의 표식만 봐도 길길이 날뛰잖아? 그 잘난 명성 하나 올리겠다고 허구한 날 산채들을 들들 볶는 게 정파의 후기지수들이던데?"

아직도 검을 내리지 않은 채 진득하게 그를 바라보고 있던 남궁장호의 입매가 비틀렸다.

"무인(武人)이라는 것들이 양민, 부녀자 가리지 않고 통행세나 뜯어먹고 살면서 입만 살았구나. 그래서 너희들이 흑도인 것이다. 당연히 네놈들은 토벌의 대상이 될 수밖에 없다."

남궁장호의 비릿한 조소에 적웅질풍대가 바로 반응했다.

척!

무기를 곧추세운 그들에게서 곧 엄청난 투기의 압박이 몰아친다.

"그래! 오라! 내 오늘 흑도의 무리들에게 지옥을 보여 줄 것이다! 제왕단천(帝王斷天)!"

갑자기 남궁장호가 기수식을 취하는 데도 제갈운은 그를 막아설 생각이 없는 듯했다.

그 역시 명문세가의 자제.

녹림을 향한 입장은 그 역시 남궁장호와 별다를 게 없었으니까.

조휘가 황급히 양측을 막아섰다.

"일단 대화가 목적인 듯한데 좀 더 들어 보시지요!"

"들어 볼 것도 없소!"

그런 남궁장호를 향해 장일룡이 조소했다.

"이래서 선입견이 무섭다니까? 이봐 남궁 양반. 녹림제일 율령이 뭔 줄은 아시나? 강호(江湖)와 상단(商團) 이외에는 결코 녹림의 칼(刀)을 겨눌 수 없다! 산제(山帝)님께서 세우신 율령이 녹림에 정착한 지 벌써 이백 년이 지났다고."

강호의 정세에 해박한 제갈운조차 금시초문인 눈치.

강 대주 곁에 있던 부대주 진소백도 함께 조소했다.

"정파가 녹림의 율령에 관심이나 있는 줄 아십니까? 저들은 후학들에게 그 사실을 가르치지도 않습니다. 녹림은 만만하거든요. 후기지수들이 적으로 상정하기에 딱 좋으니 동기부여에는 최고죠. 아이들에게 곧바로 천마성(天魔城)의 마인들을 상대하라고 교육할 수는 없잖습니까?"

남궁장호가 내뿜는 기파가 더욱 거세진다.

"개소리 집어치워라! 상인은 양민이 아닌가? 너희들의 완악(惡)한 근본은 결코 바뀌지 않았다!"

장일룡의 근육들이 또 한 번 출렁인다.

"와! 이 답 없는 양반 좀 보소? 어이 형씨. 중원의 모든 상
단들 중에서 강호방파 혹은 관부와 직간접적으로 얽히지 않
은 상단 단 한 곳이라도 가르쳐 줘 봐. 그럼 녹림이 악인 소굴
이라고 인정할게."

"뭐라!"

"한번 말해 보라고."

남궁장호가 필사적으로 안휘의 상단들을 머릿속에 떠올려
보았지만, 정말 우습게도 관부나 강호문파와 얽히지 않는 상
단은 단 한 곳도 존재하지 않았다.

남궁장호가 이를 깨물며 대답했다.

"흥! 협박하고 빼앗는 것, 그 행위마저 정의라고 말할 참이
냐! 그 근본이 악이라는 것은 결코 변하지 않는다!"

더욱 황당한 얼굴을 하고 있는 장일룡.

"와, 정말 대단하네. 돈 좀 된다 싶으면 죄다 칼 꼽고 깃발
세우고 목 좋은 곳은 다 차지하고 해 처먹으면서 우릴 욕해?
이봐. 남궁의 합비에 바늘 하나 꽂을 곳이 남아 있을 것 같아?"

대답은 제갈운이 했다.

"정당한 힘으로 쟁취하는 것과 당신들의 도적질은 그 본질
부터 다르죠."

"협박하고 빼앗는 것이 나쁘다? 좋아. 그럼 하나 물어보지.

엄청나게 돈이 많은 상인이 합비에 거대한 객잔을 개업했어. 아주 은자를 그냥 끌어모아. 장사가 잘돼. 그 객잔을 가장 먼저 누가 차지할까."

"……."

"당신들의 방식이 깽판이나 치는 사파와는 다르다고 쳐. 하지만 은근히 무력을 과시해 기댈 수밖에 없게 만들고 자신들의 품으로 들어오지 않으면 경쟁 객잔을 지원하거나 관부를 동원해 압박하고…… 다 그렇게 해서 얻은 거 아니야?"

"……."

"그 객잔의 점주는 양민이 아니야? 당신들 논리대로라면 그냥 장사만 응원하고 꺼졌어야지. 왜 양민들에게 기생(寄生)하지?"

"뭣이! 기, 기생?"

"아니, 말이 그렇잖아. 우리더러 완악(完惡)한 놈들이라며? 우리도 강호방파나 그들과 연결된 상인들만 건드린다니까? 당신들도 이익을 위해…… 아니, 그것도 명예라고 또 포장을 하겠지? 다른 문파와 곧잘 전쟁을 치르던데?"

이어진 장일룡의 쐐기.

"내가 보기엔 칼 들고 빼앗는 우리나 이익을 위해 서로 암투를 벌이는 당신들이나 별다를 게 없거든? 구파(九派)라면 몰라도 당신들 오대세가에게 그런 소리를 듣긴 싫다구."

조휘가 혀를 내둘렀다.

보통 저런 덩치라면 뇌가 둔하기 마련인데 근육맨 새끼치고는 언변이 기똥찼기 때문이다.

그 대단한 언변의 제갈운마저 꿀멍하고 있는 것을 보면 말빨이 정말 장난이 아니었다.

-*저 아해의 논리가 꼭 육통서의 인본행기(人本行記)를 닮았구나.*

인간의 본성 속에 숨겨져 있는 거대한 악의 관성.

그 치열한 양심적 담론들을 학계에 설파했던 전한(前漢) 시대의 대학자 육통서.

만상조는 그 치열했던 논쟁의 기록들이 떠올라 감회가 새로웠다.

조휘는 그 인본행기가 뭔지도 모르겠고, 일단 저 근육 돼지 새끼의 논리를 왜 제갈운조차 반박하지 못하는지 이해를 할 수가 없었다.

결국 참지 못한 조휘가 나섰다.

"당신의 말에는 커다란 맹점이 있습니다."

"맹점? 무슨 맹점?"

"첫째, 당신들의 그 율령이라는 것이 결코 절대성을 지니고 있지 않다는 점."

장일룡의 눈빛이 묘해졌다.

"절대성?"

"당신은 이백 년 율령을 말하고 있지만, 불과 칠 년 전의 대홍작 당시만 해도 관이 양민들에게 나눠 준 구휼미를 산적들이 털어 간 적이 있지요."

"……."

"안휘 봉태현 가응산의 산적패…… 우린 그들을 '가응채'라 불렀습니다. 당시 그들은 목숨 같은 구휼미를 끌어안고 끝까지 저항하던 양민들을 무자비하게 때려눕히고 죽였습니다. 저희 아버지가 그 피해자 중 한 사람이죠."

조휘의 음성이 조금씩 격앙되고 있었다.

"제가 조사한 바에 따르면 당시 가응채의 채주 양천호는 분명 녹림칠십이채 소속이었습니다! 이럼에도 녹림의 율령이란 것이 모든 산채에 미친다고 할 수 있습니까?"

형인 조혁만 그 일을 기억하고 있는 것이 아니었다.

조휘는 바쁜 와중에서도 칠 년 전의 그 사건을 틈틈이 조사하고 다닌 것이다.

"일개 현에서도 그런 일이 비일비재하게 일어나는데 중원 전체로 따지면 어떻겠습니까? 한 세력의 제일율령이라는 것이 그토록 허술하다면 그것을 율령이라 부를 수 있겠습니까?"

녹림칠십이채의 커다란 약점.

규모가 너무 방대하여 통제가 잘 되지 않는 치명적인 그 맹점을 지금 조휘가 지적하고 있는 것이었다.

"지금도 여전히 어딘가에선 녹림도의 이름으로 힘없는 자들을 약탈하고 있겠지요. 하여 당신의 우리나 너나 똑같다 식의 근묵자흑(近墨者黑) 논리는 깨졌습니다. 정파가 당신들의 바뀐 율령을 기억해 주지 않는다? 당연하죠. 바뀌지 않은 자들이 있는데 왜 알아줘야 하는 겁니까?"

"아니…… 그건…… 녹림은 너무 방대해서……."

장일룡이 뭐라 반박할 틈도 없이 조휘의 음성이 계속 이어진다.

"둘째, 이득을 취하는 방법론의 차이입니다. 예. 비슷해 보일 수 있습니다. 정도 문파가 스스로 역량을 동원해 세력권을 가지고 사업장을 차지하는 것이 칼 든 도적패와 뭐가 다른 건가 싶기도 하겠지요. 하지만……."

조휘의 안광이 날카롭게 빛난다.

"당신들에게 억울한 이를 보살피는 의(義)가 있습니까? 아니면 재앙을 함께 나누고 구휼하는 협(俠)이 있습니까?"

또다시 이어진 일갈.

"합비의 양민들이 남궁세가를 말할 때 그 눈빛을 본 적이 있습니까? 질시와 두려움, 공포가 담겨 있던가요? 아니요. 그간의 봉사에 따른 존경, 그들이 내세우는 협의와 정의를 향한 깊은 경의(敬意). 그것이 누군가가 강요한 감정이던가요?"

이를 곰곰이 듣고 있던 장일룡이 문득 남궁장호를 흘깃거리자, 남궁장호가 보란 듯이 검을 거두고 배를 쭈욱 내밀고 있었다.

"남궁세가에 거들먹거리고 오만한 사람들이 없다는 것이

아닙니다. 가진 힘을 늘 협의(俠義)에 쏟는 자들만 있는 것도
아닙니다."

　다시 쏘옥 들어간 남궁장호의 배.

　"하지만 그들에게는 오랜 세월 억울한 이를 보살피고 궁핍
한 양민들과 함께 재앙을 극복하고 애환을 나눈 시간들이 있
습니다! 그것이 당신들에게는 결코 없는 정도(正道)이자 협
의(俠義)입니다!"

　목 좋은 계곡 하나 틀어막고 칼 들고 협박하여 통행세나 뜯
어먹는 놈들이 뭔 개똥철학이야. 확 죽여 벌라.

　문득 장일룡의 음울해진 눈빛이 강 대주를 향했다.

　"내가 왜 그토록 피해 다니며 구배를 안 했는지 이제는 알
겠지? 난 처음부터 산적하기 싫었다니까?"

　"소, 소왕!"

　갑자기 거칠게 웃통을 까는 장일룡.

　쿵!

　"헉! 노, 녹혈보를!"

　녹색 천잠의(天蠶衣)를 아무렇게나 땅에 내팽개친 장일룡
이 또다시 입을 열었다.

　"난 이 옷이 그렇게 거창한 의미였는지도 몰랐다니까? 그
늙은이가 주길래 그저 질겨 보여서 입은 것뿐이라구."

　완고하게 다문 입.

　확신에 찬 눈빛.

장일룡이 뒤도 돌아보지 않고 발걸음을 옮겼다.

"가서 늙은이에게 전해. 난 이제 산채(山寨)를 나간다고."

"소, 소왕!"

"소왕님!"

그렇게 장일룡이 남궁세가의 후기지수들이 있는 쪽으로 걸어갔다.

"남궁세가의 무인이 되려면 어떻게 해야 하지?"

이 근육 돼지 새끼.

태세 전환 보소?

장일룡의 뒤편에 시립해 있던 적웅질풍대원들이 하나같이 어처구니가 없다는 듯한 표정을 짓고 있었다.

녹림삼보(綠林三寶) 중 으뜸이라 할 수 있는 녹혈보를 저리도 헌신짝처럼 내팽개치다니!

천잠사(天蠶絲).

평범한 시장에서는 단 한 줌조차 구할 수 없는 귀한 보물이다.

그런 천잠사를 통으로 짜 놨으니 그저 입고만 있어도 도검불침이요, 한서불침이다.

더욱이 전설에 따르면 녹혈보는 교룡의 각혈(角血)에 담가 정련을 마쳤다고 한다.

그로 인해 입고만 있어도 내력을 증진시켜 주는 효능이 있어, 가히 무가지보(無價之寶)라 할 수 있는 보물이었다.

녹혈보를 입고 있다는 것은 녹림의 지존이라는 뜻과 마찬가지. 장일룡이 소왕으로 불렸던 근본적인 이유다.

장차 십만 녹림도를 이끌 자신들의 소왕(小王).

한데 녹림을 버리고 남궁세가로 입문하겠다고?

녹혈보를 무슨 누더기마냥 패대기쳐 버리는 패기는 차치하고서라도, 녹림의 왕으로서 누릴 권력과 위세가 얼마나 대단한 것인지 감도 못 잡고 있는 것이 틀림없었다.

그러나 그들보다 더욱 황당한 측은 남궁세가.

남궁장호가 가득 구겨진 얼굴로 검을 검집에 꽂았다.

"산적이 남궁세가에 입문한다? 근래에 들은 개소리 중 가장 찰진 개소리군."

장일룡이 아직도 멍하게 굳어 있는 적웅질풍대를 한 차례 흘깃 쳐다보다 입을 열었다.

"봤잖아? 나 이제 산적 아니라니까?"

조휘가 피식 웃었다.

그 덩치에 그 근육으로?

넌 어떻게 봐도 산적이라구.

남궁장호가 의복을 여미며 차가운 눈을 빛낸다.

"더 용무가 없다면 이만 서로 갈길 가지."

"남궁세가에 입문하고 싶다니까?"

남궁장호가 곧바로 다시 발검할 것처럼 예리한 기도를 드러낸다.

"이 새끼가?"

그때 장일룡의 태도가 일변했다.

갑작스런 정중한 포권.

"이 장 모. 강호의 무인으로서 정식으로 귀 세가에 입문을 희망하는 바요."

또다시 잔뜩 얼굴을 일그러뜨리는 남궁장호.

정파를 자처하는 이상 상대가 예를 갖추고 나오는데 받아 주지 않을 수가 없다.

"녹림은 사도(邪道). 본 세가에 사도의 무리들에게 내어 줄 자리는 없다."

"아니, 산채를 나왔다니까?"

"사제지연이라는 것은 엄연한 천륜. 네놈이 일방적으로 끊을 수 있는 관계가 아니다."

결국 참지 못하고 터져 버린 장일룡.

"아 씻팔! 거참 말귀 더럽게 못 들어 처먹네! 정파는 예절과 명분 좋아하잖아? 구배지례를 한 적이 없다니까? 사제지연이 구배 없이 이어질 수가 있어?"

그래도 남궁장호는 단호하다.

"네놈이 확실히 산채를 나왔다는 내용을 증명하는 녹림대왕의 직인(職印)이 담긴 서찰을 가져온다면 한번 고려해 보지. 그것이 아니라면 남궁세가 직계의 추천장을 가져오든가."

말이 끝나기가 무섭게 들려오는 묘령의 목소리.

"저요. 제가 추천장을 써 줄게요."

홱 하니 고개가 돌아가는 남궁장호.

"소, 소소! 이런 미친!"

찌이이이익!

거칠게 찢어지는 장일룡의 오른쪽 하의!

우락부락한 그의 허벅지가 드러나자 발그레 홍조를 그리
며 손으로 얼굴을 가리는 남궁소소.

장일룡이 순식간에 그녀의 앞으로 다가가 천 조각을 내밀
었다.

"흐흐! 저놈 마음 바뀌기 전에 빨리 써 주라! 아? 붓은 있
나? 아니 손가락 하나 찢으면 되잖아?"

와나 저 무식한 산적 새끼.

무슨 여자 손을 찢는다는 소릴 저리도 장난처럼 하냐?

조휘가 서둘러 목탄을 꺼내 남궁소소에게 건네주자 남궁
장호의 거친 음성이 또다시 들려온다.

"조휘 소협!"

아니, 지금 저 근육 돼지 새끼 기세 좀 보라니깐?

곧바로 당신 여동생 손가락을 깨물어 버릴 것만 같다고!

슥슥슥.

어느새 서명까지 마친 남궁소소가 천 조각을 남궁장호에
게 가져다준다.

"하……."

한 차례 한숨을 내쉬던 남궁장호가 문득 하늘을 올려다본다.

오늘따라 유난히 지랄 맞게 더 푸르디푸르다.

공기가 왜 이렇게 맑고 날씨는 또 왜 이렇게 좋은지…….

남궁장호가 이를 꽈득 깨물었다.

"……외원의 말단 무사로 평생 썩게 만들어 주마."

"상관없어. 산적만 아니면 돼."

지끈거리는 미간을 매만지던 남궁장호가 뒤를 돌아보며 말했다.

"서둘러 출발한다!"

"충!"

"충!"

한동안 저 멀리 멀어져 가는 후기지수들을 멍하니 응시하고 있는 강만호 대주.

대원 하나가 그에게 조심스럽게 다가갔다.

"대주님. 우리 이러다 진짜 좆 되는 거 아닙니까?"

그렇지 않아도 벌써부터 강만호는 이 일을 어떻게 보고해야 되나 등골이 오싹할 지경이었다.

수틀리면 주먹과 발길질부터 날아오는 대왕(大王)이다. 호위하라고 보내 놨는데 산채를 탈퇴(?)시켜 놨으니 이건 입이 열 개라도 할 말이 없다.

"그럼 여기서 저 어린놈들과 대판 싸우기라도 해야겠느냐?

47

저놈들이 신호탄이라도 쏴 올리는 날에는 당장 무림맹 하남 지부의 천룡전위대(天龍戰衛隊)와 싸워야 한다."

울상을 짓고 있는 것은 부대주 진소백도 마찬가지.

"그럼 어떡합니까? 저, 너무 무섭습니다."

강만호 대주가 이를 으득 깨문다.

"일단 녹혈보 챙겨. 옷 갈아입고 따라붙자. 인피면구 남는 사람?"

9章.

한 사람만 더 탔을 뿐인데 마차 안은 비좁아 터져졌고 마차의 속도도 현저하게 줄어들었다.

제갈운의 못마땅한 시선이 남궁장호를 향했다.

"갓 입문했으면 아직 직책도 없는 말단 무사 아닌가요? 왜 이자를 마차에 태워 주는 거죠?"

누굴 약 올리나?

자신도 그러고 싶다.

저 빌어먹을 이상한 취향의 여동생만 아니라면.

남궁장호는 여전히 눈을 뜨지 않은 채 애써 무시하고 있을 뿐이었다.

그러자 제갈운이 장일룡을 째려본다.

"거 체력도 좋아 보이는데 걸어오시죠?"

"그다지 체력이 좋은 편은 아닌데?"

"에이 무슨 그런 실없는 농담을."

남궁소소가 제갈운을 향해 눈을 흘겼다.

"아무리 말단 무사라지만 경력을 쳐줘야죠. 무려 녹림대왕의 대제자셨던 호걸을 허투루 대접할 수는 없는 노릇 아니겠어요?"

조휘는 황당했다.

잠시만. 당신 정파 아니야?

막 그렇게 사파의 후기지수를 치켜세워 줘도 되는 건가?

"그나저나 장 소협은 형제가 어떻게 되세요?"

어이쿠? 호구조사까지?

"모두 일곱이요. 우리 아버지가 힘깨나 쓰지."

제갈운이 문득 궁금한 얼굴을 한다.

"……둘째가 설마 이룡(二龍)?"

"제법 눈치가 있군. 막내도 칠룡이지."

조휘가 혀를 내둘렀다.

장일룡, 장이룡, 장삼룡, 장사룡?

이건 필시 이름을 짓기 귀찮아서다.

와, 저놈 부모님도 만만치 않게 무식하네.

아? 유전인가?

남궁소소의 얼굴이 더욱 호기심으로 물든다.

"와! 칠룡이라면 모두 아들이란 말이에요?"

"아닌데? 셋째는 딸이야."

"그래도 용(龍)?"

"아니. 여자는 봉(鳳)이지. 그래서 셋째만 장삼봉(張三鳳)
이라구."

"푸웁!"

입술을 말아 오므린 채 억지로 웃음을 참고 있는 태가 역력
한 남궁장호.

얼마나 필사적인지 그의 온몸이 푸들푸들 떨리고 있었다.

"……눈 떴지?"

"그런 거 같은데요?"

아직도 웃음의 포인트를 찾지 못한 화서명이 감탄하며 물
었다.

"열일곱인 당신이 장자(長子)라면 도대체 몇 년에 하나씩
낳으셨단 소리요?"

"음…… 일이 년?"

"와씨."

조휘의 짙은 감탄!

이건 뭐 거의 출산 머신이구만.

그래서 중국의 인구가 그렇게 많은 거였나?

문득 머릿속에 떠오른 제갈운의 궁금증.

"그나저나 우릴 왜 덮친 거죠? 무슨 이유가 있을 거잖아요?"

"아, 뭘 좀 부탁하려고 했지."

"부탁?"

장일룡이 부끄럽다는 듯 뒷머리를 긁적인다.

"소룡대연회에 너무 가 보고 싶었어. 하지만 내 신분으로는 아무리 머릴 굴려 봐도 방법이 없더라구."

소룡대연회는 정파의 축제다.

당연히 녹림도의 신분으로는 절대 참여할 수 없는 터.

"고작 그런 목적으로 채기를?"

"그, 그건 미안."

조휘는 그런 장일룡의 패기에 몸서리를 쳤다.

와 진짜 직진 일변도인 새끼네.

세상을 너처럼 뇌 없이 살 수만 있다면 얼마나 좋을까.

문득 화서명이 서열 정리를 시도한다.

"일단은 그대가 남궁세가의 입문 무사를 자처하고 있고, 만약 연배도 열일곱이 진실이라면 모두를 향한 하대(下待)는 이제 멈춰야 하지 않겠소? 아직도 그대는 강호의 예를 그다지 중요하게 생각하지 않는 사파인 같소이다."

듣고 보니 화서명의 말이 일리가 있었다.

하지만 지금까지 아무도 장일룡의 하대가 어색하게 느껴지지 않았던 것.

그도 그럴 것이 저 얼굴을 도저히 자신들보다 어리다고는 생각할 수 없었기 때문이다.

그야말로 인간계의 노안이 아닌 것이다.

"……다들 몇 살이신데요?"

제갈운이 대답했다.

"소소 소저를 제외하면 당신보다 어린 사람은 이곳에 없네요."

장일룡이 순진한 얼굴로 웃는다.

"알겠어요, 형님들. 난 이제 정파인이니까. 헤헤."

조휘는 팔뚝에 좌르르 돋아난 소름을 느끼며 억지로 그의 시선을 외면했다.

"형?"

"하, 하지 마시죠!"

장일룡이 이제 남궁장호를 쳐다본다.

"남궁 형?"

부르르 몸을 떨며 검집을 움켜잡는 남궁장호.

"한마디만 더 했다간 그 입에 검을 쑤셔 넣어 주마."

"제갈 형?"

부적을 꺼낸 제갈운.

"하, 하지 마!"

유일하게 그의 눈을 피하지 않는 사람은 남궁소소.

"일룡 오빠!"

"응. 동생."

조휘가 갑자기 품에서 장부를 꺼내 정리하기 시작하자 제갈운도 갑자기 수를 읊으며 역법의 공부를 이어 갔다.

◆ ◇ ◆

어느덧 남궁세가 일행이 도착한 곳은 서안(西安)으로 향하는 마지막 관도.

그간 몇몇 협곡을 지나면서 위험한 순간들이 있었지만 그때마다 제갈운이 뛰어난 기지를 발휘해 위기를 모면해 낼 수 있었다.

장일룡을 영입(?)한 것도 신의 한 수였다. 과연 녹림대왕의 대제자 자리는 도박으로 딴 것이 아니었다.

웬만한 잔챙이들은 그 외모만으로 제압해 버렸고 제법 위맹한 사파의 거두들과 시비가 붙을 뻔한 적도 있었지만 장일룡이 이름 몇 번 읊으니 모두 프리패스.

그처럼 귀찮은 시비를 대부분 그가 해결해 버렸으니 고된 여정 길이 될 뻔했던 것이 한결 수월해진 것이다.

"으아앗! 이젠 정말 씻고 싶다!"

남궁소소의 간절한 외침.

모든 일행이 보름을 넘게 씻지를 못했으니 마차 안의 퀴퀴한 냄새가 장난이 아니었다.

"거의 다 왔어요. 곧 일차 집결 장소에 도착할 거예요."

제갈운의 대답에 조휘가 궁금증을 드러냈다.

"일차 집결 장소요?"

"화산파가 아무리 대파(大派)라지만 갑자기 사람이 몰리면 그들로서도 부담스럽지요. 일단 우리 오대세가는 화일객잔에 모여서 객첩(客牒)을 기다리기로 했으니 곧 이 관도에서 다른 세가의 세가기(世家旗)도 보일 겁니다."

마차의 창밖을 살피던 화서명이 말했다.

"벌써 보입니다만……."

그의 말에 모두의 시선이 밖으로 향했다.

"누런 깃발에 현무(玄武)라…… 팽가네요."

하북팽가.

그 어떤 문파보다 힘을 숭앙하는 도객(刀客)들의 성지.

소림외공과 비견되는 절륜한 외공인 그들의 패왕공(覇王功)은 강호일절이었다.

제갈세가의 성향과 정확히 대칭점에 서 있는 자들.

제갈운이 쓰게 입맛을 다셨다.

"으으…… 저 뇌 없는 근육 놈들과 또다시 어울려야 되다니……."

반면 장일룡의 얼굴에는 화색이 돌았다.

"와! 저 형님들 뭡니까? 우리 대산(大山)에서도 저만한 사람들은 보기가 쉽지가 않은데!"

저 우락부락한 몸들을 보고 있자니 벌써부터 거나하게 씨름 한판 어울려 보고 싶은 장일룡이었다.

　무극도왕(無極刀王)의 맏아들 신도왕(新刀王) 팽각(彭覺)
이 온몸의 근육을 씰룩이며 자신의 몸을 점검하고 있었다.
　하북팽가의 소가주로서 맞이하는 두 번째 소룡대연회.
　적어도 후기지수들의 세계에서 만큼은 검(劒) 일색인 강호
의 판도를 바꾸고자 와신상담 쓸개를 핥으며 칼을 벼려 왔다.
　남자는 힘이요, 즉 칼(刀)이다.
　고대의 원시강호, 아니 철기를 사용하기 시작한 인간들이
처음으로 만든 무기는 분명 검이 아니라 칼이었다.
　칼과 검을 말할 때 왜 도검류(刀劒流)라 부르는지 아는가?
이렇듯 칼의 역사가 더 깊기 때문이다.
　무슨 나약한 여인네도 아니고 사내새끼란 것들이 검을 들
고 콕콕 찔러 대는 그 모습이란 꼴사납기 그지없었다.
　변초(變招)니 허초(虛招)니 하는 것들은 모두 나약한 자들
이나 기대는 얄팍한 수단이자 위안일 뿐.
　무릇 사내라면 온 힘으로 호쾌하게 일 합에 베어 재껴야 한
다.
　남자의 용력(勇力)이란 그렇게 써야만 하는 것이다.
　강호에 일도양단(一刀兩斷)이란 말은 있어도 일검양단(一
劒兩斷)이란 말은 없다.
　이렇듯 검이란 한낱 창(槍)의 아류일 뿐, 호쾌한 사내들이

쓰기에 부적합하다는 것을 옛 성현들께서도 아셨던 것이다.

칼을 들고 검수(劍手)에게 진다는 것은 단지 힘이 모자라서다.

변초니 허초니 그런 얄팍한 술수에 눈이 현혹되었으니 수양이 모자랐던 것이다.

'삼 년 전, 내가 그놈에게 진 것은 힘을 제대로 쓰지 않았기 때문이다.'

화산소룡 청운소.

치사하게 검으로 온통 붉은 꽃비나 뿌려 대며 눈을 현혹시키는 그놈.

지가 무슨 화화공자(花花公子)냐?

이번에야말로 그놈을 힘으로 제압할 때.

힘이 곧 진리라는 것을 온몸으로 깨닫게 해 줄 것이다.

자신의 혼원벽력도(混元霹靂刀)는 이제 아무나 막을 수 있는 게 아닌 것이다.

더욱이 시뻘겋게 달군 사철(沙鐵)에 온몸을 담구며 단련해 온 그 인고의 세월을 생각하면 자신의 육체는 한낱 검 따위에게 찢길 수가 없었다.

기껏 상처 나 봐야 생채기 수준일 터.

적어도 올해가 지나가기 전에 자신의 패왕공은 틀림없이 구성(九成)의 경지를 이룰 것이리라.

이렇듯 이제 화산도 무섭지 않은데 남궁 따위야 말해 무엇하겠는가?

오만하게 초식명에 제왕이니 창천이니를 달고 있지만 그래 봤자 검.

힘없는 자들이 부리는 잔재주에 불과한 것이다.

"크흑! 제깟 남궁 놈들이…… 음?"

저 멀리서 마차를 끌고 오는 일단의 무리들. 선두마차의 깃대에 달려 있는 것은 분명 남궁세가와 제갈세가의 세가기였다.

한데 걸어오고 있는 자들 중에서 믿을 수 없는 모습의 사내가 하나 있었다.

지진을 만난 것처럼 흔들리는 눈동자.

'남궁(南宮)?'

그가 걸치고 있는 무복은 틀림없는 남궁세가의 입문 무사들이 즐겨 입는 청의 무복.

하지만 그의 육중하고 강건한 육체를 버틸 수 없었는지 팔뚝과 허벅지 부분부터 찢겨 없어진 모습이다.

그야말로 한 마리의 맹수 같은 사내.

또한 그가 손에 들고 있는 것은 거대하고 긴 창(槍)이다.

창과 칼은 가장 오래된 경쟁자.

그렇게 팽각은 긴장하는 기색이 역력했다.

'남궁에 저런 사내다운 자가 있었다니!'

과연 남궁이라 이건가?

역시 결코 녹록한 놈들이 아니다.

하지만 질 수 없다.

갑자기 팽각이 자신의 가슴 근육을 씰룩거리며 근엄한 얼굴을 했다.

몸을 단련한 자들끼리의 경쟁의식!

비록 저 남궁의 거한이 진정한 사내라고 해도, 팽가의 사내가 질 수는 없는 것이다.

한데, 곧이어 들려온 상대의 외침에 팽각이 석상처럼 굳어질 수밖에 없었다.

"하하! 거 몸 좀 되는 양반! 나와 팔씨름이나 한판 해 봅시다!"

'……팔씨름?'

순간 팽각의 두 눈이 강렬한 투쟁심으로 불탔다.

"내공 없이?"

거대한 남궁 사내, 장일룡이 코웃음을 쳤다.

"내가 내공을 쓰면 당신의 팔이 아작 날 텐데?"

"개소리!"

투쾅!

전광석화처럼 도를 뽑아 관도 옆의 육중한 나무 하나를 베어 낸 팽각.

와직! 우지끈!

팽각이 매끈한 단면의 그루터기밖에 남지 않은 나무에 먼저 다가가 거친 음성을 내뱉었다.

"와라! 애송이!"

"거 호쾌하군! 좋아!"

마주 앉은 장일룡이 누런 이를 씨익 드러내며 육중한 팔을 그루터기에 올렸다.

질 수 없다는 듯 팽각도 거칠게 그의 손을 마주 잡는다.

"단판?"

"뭘 애새끼들도 아니고 삼세 판 할 거요?"

"과연 사내로군!"

그러자 팽가의 근육 인간들이 우르르 몰려왔다.

"우와앗! 승부다!"

"팔씨름이다!"

그렇게 말끔하게 뇌를 비운 사내들의 축제가 벌어진다.

그 모습을 멍하니 바라보는 조휘.

"……도대체 왜 저러는 거죠?"

제갈운이 피식 웃는다.

"뭐, 팽가가 팽가 한 거죠. 원래 저래요."

물론 두 눈이 하트로 변한 채 그 광경을 발그레한 얼굴로 지켜보는 사람도 있었다.

"정말 멋져……!"

그런 자신의 여동생을 바라보다 고개를 푹 숙이고 마는 남궁장호.

"……먼저 객잔으로 가 있겠다."

조휘가 만류했다.

"그래도 싸움 구경이 제일 재밌는 법. 결과는 보고 갑시다."

"……알겠소."

어느덧 승부는 정점으로 치달아 있었다.

"흐으으으읍!"

터질 듯 부풀어 오른 팽각의 육중한 팔! 얼굴의 핏대란 핏대는 죄다 불룩 튀어나온 것이 전력을 다하는 것이 분명했다.

부들부들!

이를 꽈득 깨물며 기를 쓰고 힘을 주고 있는 장일룡 쪽도 마찬가지.

하지만 그는 대산(大山)의 쟁쟁한 거한들 중에서도 이만한 사내를 보기란 쉽지가 않아서 오히려 즐거웠다.

"하아아아압!"

장일룡이 젖 먹던 힘까지 끌어올렸다.

그렇게 승부가 조금씩 기울어 가자 팽각의 얼굴이 처참하게 구겨진다.

아직도 상대에게 이만한 힘이 남아 있는 것에 탄복하는 것도 잠시, 팽각의 단전이 본능적으로 꿈틀거렸다.

자신도 모르게 일어난 벽력신공(霹靂神功).

쿵!

"우와왓! 역시 우리 소가주님이다!"

"신도왕! 신도왕!"

팽각을 연신 연호하는 함성 속에서 장일룡이 붉으락푸르락해진 얼굴로 벌떡 일어났다.

"에잇 씻팔! 내공 썼잖아! 거 그렇게 안 봤는데 치사하네!"

팽가의 근육 사내들이 모두 팽각을 쳐다본다.

"그게 사실이우?"

"소가주? 정말?"

마치 영혼을 잃은 듯한 우울한 얼굴로 그들의 시선을 피하는 팽각.

"와 나! 실망이우!"

"허참!"

휑하니 몸을 돌려 하나둘씩 사라지는 팽가의 후기지수들.

같은 식구들에게조차 버림받은 팽각이 장일룡에게 간절한 눈빛을 보냈다.

"한 판만 더…… 아, 안 되겠지?"

뭔 화산의 청운소와 붙어 보기도 전에 팽각이 무려 '힘'으로 졌다.

그 충격이란 그에게 있어서 이루 말할 수 없는 것이었다.

제갈운이 무슨 괴물을 보는 것처럼 장일룡을 응시하고 있었다.

'저 신도왕을 힘으로 제압하다니? 사람 새낀가?'

용력만 따진다면 신도왕 팽각의 용력은 후기지수들 중 으

뜻이다.

도대체 녹림대왕이란 자가 어떻게 단련시켰으면 저런 괴물이 인간계에 나타날 수 있단 말인가?

-그러고 보니 저놈은 그 무식한 놈의 후예구나.

검신과 동시대에 도황(刀皇)이란 자가 있었다.

그에게 있어서 그다지 좋은 기억으로 남아 있지 않은 자.

-강호의 문파들 중에서 외공을 더 중요시하는 곳은 드물지. 저들이 바로 그들 중 하나다.

조휘는 궁금했다.

'외공이 내공보다 더 중요한 겁니까?'

-먼저 몸을 만들고 안을 채우느냐, 안을 채운 후 몸을 만드느냐. 거기에 정답은 없다. 무학에 있어서 외공이 먼저냐, 내공이 먼저냐는 오랜 논쟁거리지.

'아⋯⋯!'

-중요한 것은 '균형'이지 내외공의 선후가 아니다. 집착은 편협을 낳고 고집은 아집을 낳지. 저들이 소림을 넘을 수 없는 이유가 바로 그것이다. 소림의 외공은 강호일절이지만 내공 역시 게을리하지 않지. 무엇보다⋯⋯.

검신 어르신의 음성이 한껏 단호해졌다.

-저들의 가장 큰 문제는 검에 대한 열등감, 그로 인해 생긴 칼(刀)을 향한 비정상적인 집착에 있다. 그런 비틀린 마음으로 대성을 이루기에는 무학이란 것이 그리 녹록하지가 않지.

검신이 독문병기를 검으로 정한 것은 자신의 의지를 가장 잘 발현해 줄 무기를 선택한 것일 뿐, 검이 최고라는 생각은 하지 않았다.

위대한 족적을 남기고 간 무림의 무학종사들은 하나같이 틀에 연연하지 않는 자유로운 사고를 지니고 있었다.

깨달음이란 끊임없는 의심의 바다이자 지독한 자기모순이며 관념의 파괴.

그 고독한 무예의 길을 홀로 걷는다는 것이 얼마나 고통스럽고 지난한 일인지 누구보다 잘 알고 있는 검신이었다.

맑고 평온한 마음으로도 버티기 힘든 그 길을, 비틀리고 편협한 마음으로 대성한다? 검신의 입장에서는 결코 있을 수 없는 일이었다.

조휘도 나름대로 들은 것이 있어 궁금증이 더해졌다.

'그렇다면 강호에 떠도는 백일창(百日槍), 천일도(千日刀), 만일검(萬日劍) 역시 근거 없는 소리란 말입니까?'

창을 익히는 것은 백 일이면 족하고 도를 익히는 것은 천 일이면 족하지만 검을 익히는 데는 만 일의 고련이 필요하다는 강호의 격언.

-창을 익히는 데 백 일만 걸리겠느냐? 촉(蜀)의 익덕은 평생을 장팔사모와 동고동락했다. 그가 검을 들고 있었다 한들 위(魏)의 장수들이 장판교를 뚫을 수 있었겠느냐?

'아!'

그 말에 조휘는 깨닫는 바가 있었다.

무인의 역량이라는 것이, 익힌 무기에 따라 판가름 나는 것이 아니라 그 스스로가 중요하다는 것이다.

검신 어르신이 검이 아니라 도를 들고 있었다면 도신(刀神)으로 불렸을 거라는 뜻이었다.

-검이 장점이 많은 병기라는 것만은 틀림없다. 그러나 오직 검만이 만병지왕(萬兵之王)이 될 수 있다는 것은 편협이다.

-강호에 검문(劍門)이 많은 것은 중원무학이 내지르고 휘두르는 권장술로부터 발전했기 때문이다. 칼(刀)은 권장술의 투로(鬪路)를 연장하기에는 부적합한 병기. 오직 검만이 권장술의 모든 투로를 연장하기에 적합하지.

뭐야? 그럼 결국 검이 짱이란 소리 아닌가?

-허허…… 말이 그렇게 되나?

그럼 그렇지!

검의 조종이자 신이라 불리는 무인께서 검을 최고라 믿지 않는 것이 더 이상한 일.

-아니다. 원시 무림에 짐승의 움직임 따위를 흉내 내다 발전한 권장술이 훨씬 많아서였을 뿐. 만약 권장술의 발전이 없었다면 우리는 모두 활이나 당기고 있었겠지. 활(弓)은 권장술이 나타나기 이전 시대에서 가장 강력한 전투 수단이었다.

검신의 논리는 명확했다.

-무당의 개파조사 장삼봉이 스스로 창안한 태극권의 발전

된 형태를, 왜 검으로 녹여 태극혜검(太極慧劍)을 탄생시켰겠느냐? 태극혜도(太極慧刀)는 불가능했기 때문이다. 칼로써는 태극권의 투로를 발휘할 길이 없었던 터.

태극권에는 팔꿈치로 적을 격타하는 요란주(拗鸞肘)라는 수법이 있다.

이는 병기에 적용하면 내지르고 찌르는 동작인데 도식(刀式)은 이처럼 찌르는 동작이 어울리지 않는다.

-오롯이 검만이 만병지왕이 될 수는 없으나, 중원무학의 문화적 특성상 현재로서는 만병지왕이라 불릴 수밖에 없는 게다.

조휘가 그제야 이해한 듯 천천히 고개를 끄덕였다.

검만이 최강이 될 수 있는 것이 아니라 중원의 문화이자 유행이라는 의미였다.

하기야 섬나라 왜(倭)는 근대에 이르기까지 오로지 도(刀)다.

그럼에도 역사에 이름을 남긴 강자들이 수두룩했다.

"만병지왕이라……."

순간, 그런 조휘의 읊조림을 들은 팽각의 귀가 꿈틀거린다.

그로서는 제일 싫어하는 문장이 귀에 들려온 것이다.

죽일 듯이 조휘를 끈덕지게 바라보는 팽각.

"네놈도 그 나약한 검을 최고로 믿나 보지?"

팽각의 살벌하게 구겨진 얼굴을 보고 있자니 조휘는 등골이 서늘해졌다.

남궁장호의 무심한 목소리가 흘러나왔다.

"저놈의 말은 모두 무시하시오."

팽각이 거칠게 주먹을 말아 쥐며 눈을 부라린다.

"굳이 화산까지 올라갈 필요가 있나? 삼 년 전 못다 한 승부. 여기서 결판내지?"

남궁장호가 피식 웃었다.

"본 세가의 '입문 무사'에게도 진 놈이 뭔 패기로 내게 도전하는 거냐."

남궁장호의 갑작스러운 공격에 또다시 우울한 얼굴이 된 팽각.

제갈운이 힘내라는 듯 그의 등을 토닥토닥 두들겨 준다.

"인생이란 게 원래 그렇게 굴곡도 있고 고난도 있고 그런 법이죠. 힘내요. 팽 소협."

"치워라! 제갈 마귀!"

거칠게 제갈운의 손을 뿌리치는 팽각.

삼 년 전, 저놈의 마수에 걸려 장장 사흘 동안 물 한 모금 먹지 못하고 구궁환마진(九宮幻魔陣)에 빠져 허우적거렸었다.

그 일만 생각하면 당장 저 제갈 놈의 대가리를 찍어 버리고 싶은 팽각이었다.

연신 서로 으르렁대는 오대세가의 소가주들.

이들은 이미 소싯적부터 서로 교류해 왔다.

명목이야 비슷한 나이대의 후기지수들끼리 친목을 도모하

는 자리였지만, 사실은 자존심 강한 가문 어르신들의 대리전이나 마찬가지였다.

어릴 때야 호기심에 서로 친하게 말도 섞고 같이 놀고 했었다.

그러나 철이 들면서 자신들이 가문을 대표하고 있다는 것을 인지한 순간 모든 것이 달라졌다.

지독한 경쟁의식 속에서 서로 애증의 관계가 되어 버린 것이다.

문득 제갈운이 주위를 두리번거렸다.

"당가(唐家)는 왜 보이지 않는 거죠?"

팽각이 입술을 삐죽거리며 대답했다.

"다른 객잔에 묵겠다며 벌써 지나갔다."

지독한 폐쇄성을 지닌 당가의 특성이 또 한 번 드러난 순간이었다.

제갈운이 씁쓸한 얼굴로 고개를 끄덕였다.

"사마세가야 본디 두문불출하니 이번에도 참여 안 할 테고…… 그럼 다 모인 거네요? 출발하죠."

남궁장호가 묵묵히 고개를 끄덕였다.

"그러지."

산이 험해 봐야 다 거기서 거길 거라고 생각했던 조휘에게 화산(華山)이란 그런 생각을 말끔히 지울 수 있게 해 주는 악산 중의 악산이었다.

만장단애니 천혜의 협곡이니 하는 표현을 말로만 들어 봤지 실제로 접해 보니 이건 뭐.

자연을 향해 절로 고개가 숙여질 정도로 그저 찬탄만 하게 될 뿐이었다.

발만 한번 헛디디기라도 하는 날에는 곧바로 만장 밑 구름 속으로 처박힐 터.

절벽을 휘감아 굽이쳐 오르는 그런 좁은 소로(小路)가 끝도 보이지 않았다.

도대체 무슨 생각으로 이리 높은 곳에 문파를 세운 건지 이해가 되지 않았다.

비효율도 이런 비효율이 없다.

물자 수송이나 인적 교류를 전혀 고려하지 않은 문파의 위치가 아닌가?

설마 아무도 오지 마란 건가?

방어만을 염두에 둔 것이라면 최적의 위치긴 하다.

"거 형씨 많이 힘들어 보이는데 좀 업어 드릴까?"

장일룡의 그런 도발(?)에 거친 숨을 몰아쉬던 팽각이 언제 그랬냐는 듯 숨을 멈추며 근육을 씰룩인다.

"힘들긴 뭐가 힘들다고! 오히려 내 쪽에서 업어 주지!"

"하핫! 이 정도쯤이야 가벼운 산책일 뿐이요!"

열일곱 평생을 산에서 살아온 장일룡이다.

산에 관한 경험이라면 산적 출신인 장일룡 쪽이 훨씬 많았다.

"하아하아……! 다음 소룡대연회는 반드시 오대세가에서 열렸으면 좋겠어요."

진절머리가 난다는 듯한 표정을 지으며 거칠게 숨을 몰아쉬고 있는 남궁소소. 그런 그녀에게 화서명이 재빨리 다가가 허리를 숙였다.

"소저! 업히시오!"

"뭐래."

그렇게 남궁소소가 휑하니 지나가 버리자 제갈운이 얼른 올라탔다.

"갑시다!"

"내, 내리시오!"

제갈운이 아랑곳하지 않고 찰거머리처럼 화서명에게 찰싹 달라붙는다.

"남녀차별하지 마시죠! 출발!"

"이익!"

그 모습을 남궁장호가 한심한 눈으로 응시하고 있었다.

"나약한 놈들."

그 한마디를 남기고 갑자기 경공을 일으켜 저만치 앞서가는 남궁장호.

팽각이 이를 꽈득 깨물며 자세를 여몄다.

"좋아! 승부다!"

휘릭!

팽각이 맹렬히 경신법을 일으켜 남궁장호를 뒤따라가자.

"크하하하! 질 수 없지!"

장일룡의 육중한 몸이 포탄처럼 쏘아진다.

화산(華山).

자그마한 산문에 덩그러니 걸려 있는 낡은 편액.

천하제일이라 불리는 그 대단한 명성과는 다르게, 화산파
의 첫인상은 수수하고 단출한 편이다.

어찌 보면 성의 없어 보이기까지 했다.

"후……."

조휘가 거친 호흡을 겨우 가다듬으며 지나온 길을 되돌아
봤다.

절벽을 따라 끝도 보이지 않는 계단.

저 거뭇거뭇한 길을 보고 있자니 또 한 번 몸서리가 쳐진다.

쟁쟁한 오대세가의 후기지수들은 결코 발을 허투루 놀리

지 않았다.

그런 무인들과 함께 이곳까지 오르는 것은 그야말로 지옥.

만약 검신 어르신을 만나기 전의 허약한 몸이었다면 절대 불가능했을 것이리라.

주위를 살펴보니 남궁장호와 팽각, 장일룡이 저 멀리 나무 그늘에서 가부좌를 튼 채 운기행공을 하고 있었다.

얼마나 전력을 다했는지 그들의 의복은 온통 땀으로 흥건 했다. 운기로 인해 그들의 몸에는 허연 김이 모락모락 피어나고 있었다.

"무량수불. 오대세가의 소협들이구려. 먼 길 오시느라 참으로 고생하셨소."

어느덧 나직이 도호를 외우며 나타난 노도사.

산뜻한 백의도포를 입은 그 모습이 마치 학처럼 고고하다.

어깨 위의 붉은 매화 문양.

허리에 찬 검에 달린 매화 수실.

화산이 자랑하는 그 유명한 매화검수(梅花劍手)다.

제갈운이 그를 향해 정중히 포권했다.

"무림 말학 제갈 모. 화산의 선배님을 뵙습니다."

화산의 노도사가 흐뭇하게 웃었다.

"낯익은 얼굴이구려. 삼 년 전의 소룡대연회를 경험한 자라면 어찌 소제갈을 몰라볼 수 있겠소? 어서 안으로 들어오시오. 여독을 풀기에 화산은 제법 괜찮은 곳이라오."

"예. 선배님."

어느덧 운기를 마친 남궁장호와 팽각도 화산의 대선배와 인사를 마치고 한 명씩 산문에 올랐다.

모두 객잔에서 받은 객첩을 노도사에게 건넸다.

남궁과 제갈, 팽가의 후기지수들은 붉은 매화 문양 다섯 개가 그려진 오매화(五梅花) 객첩을 지니고 있었다.

오매화는 최고 등급의 객첩으로 그 유명한 화산의 암향매화전(暗香梅花殿)에서 묵을 수 있는 특권의 상징이었다.

남궁세가의 빈객 신분인 조휘도 오매화 객첩을 받을 수 있었기 때문에 그들과 헤어지지 않을 수 있었다.

우울한 얼굴을 하고 있는 것은 화서명뿐이었다.

그가 손에 들고 있는 것은 삼매화(三梅花) 객첩.

화씨검문은 오대세가의 명성에 비하면 많은 모자람이 있었다.

그만 유일하게 다른 객당으로 배치되어 일행과 헤어지게 된 것이다.

강호는 이처럼 차디차다.

배경과 명성에 따라 철저하게 계급이 나뉘는 곳인 것이다.

그렇게 오대세가의 후기지수들이 산문을 넘어 당도하자 화산의 공기가 바로 바뀌었다.

항상 함께 있었기 때문에 피부로 와닿지 않았을 뿐, 오대세가의 명성이란 그리 간단한 것이 아니었다.

조휘는 끝도 없이 밀려오는 청년들의 포권 세례에 혼이 빠져나갈 지경이었다.

묵묵히 청년 무사들의 인사를 받아 주는 남궁장호의 얼굴에는 명문가로서의 자부심이 느껴졌다. 제갈운도 팽각도 더 이상 장난스럽지가 않았다.

조휘가 슬그머니 뒤로 빠져나와 대화산(大華山)을 둘러보았다.

화산의 내부는 전혀 다른 세상이었다.

산문의 단출함은 온데간데없었다.

화산의 전각들이 거대하진 않았다.

하지만 기품이 있고 고요하다.

화려하진 않지만 웅장하다.

흐드러지게 핀 매화꽃들 사이로 드러난 그 첨각(尖角)들이 너무도 아름답다.

분명 인공적인 건물들인데도 화산의 정취와 아름다움을 결코 해치지 않았다.

마치 한 폭의 유려한 그림 같은 풍경.

왠지 조휘는 화산이 추구하는 무도(武道)가 무엇인지 어렴풋이 느낄 수 있었다.

-매화는 메마른 흑한을 지나 가장 먼저 한 떨기 피어나 봄을 알리지. 참으로 여전하구나. 암향매화(暗香梅花)여.

검신 어르신의 경이에 찬 목소리.

그에게도 화산은 각별한 추억이 서려 있는 곳인 듯하다.

"크! 이 정취 보소! 호리병 하나 허리에 차고 지붕 위에 올라서면 술에 취하는지 정취에 취하는지 모를 지경이겠구만."

감탄한 표정으로 가슴 근육을 씰룩이며 화산파의 전경을 바라보고 있는 장일룡.

"열일곱에 술을?"

조휘의 질문에 장일룡이 호탕하게 웃었다.

"크하하! 장부 나이 열일곱이면 화주(火酒) 정도야 웃으며 마실 수 있어야 하는 것 아니겠소?"

장일룡이 그 독한 화주를 술독째로 벌컥벌컥 들이마시는 상상을 해 보는 조휘.

과연 산적은 산적이다.

너무 잘 어울린다.

"그런데 형님은 정체가 뭐요? 남궁세가를 비호하길래 남궁의 인물인 줄 알았는데 그것도 아닌 것 같소?"

갑작스런 '형님' 공격에 등줄기가 축축해진 조휘가 어색하게 웃는다.

"그냥 상인입니다."

"상인?"

두 눈을 휘둥그레 뜬 장일룡.

"장사꾼이란 말이요? 뭘 파는 거요? 호오! 그렇다면 돈이 무지 많겠수?"

77

"······."

조휘가 대꾸하기도 싫은 듯 찌푸린 얼굴로 다시 화산의 전경을 바라보자 장일룡이 배를 쓸며 다시 입을 열었다.

"어휴, 하루 종일 산만 탔더니 배고파 죽겠네. 여기 음식도 늦게 나오겠지? 뭔 굽고 삶고 튀기고 강호의 요리란 게 그리도 복잡하단 말이오?"

넉넉하게 살아온 세가의 후기지수들이었기에 그들은 아무거나 먹지를 않았다.

세가의 숙수가 함께 동행하고 있었기 때문에 풍진노숙을 하더라도 제법 갖춰 먹었던 것.

그렇게 매 끼니때마다 불을 피워 요리를 해 대니 남다른 식성을 지닌 장일룡으로서는 미치고 환장할 노릇이었다.

"자고로 음식이란 고깃덩이 하나 턱하니 뼈 채로 불에 구워 한입 베어 물면 그만인 것을 뭘 그리 요란을 떠는지 모르겠소."

과연 무식한 산적새끼로다.

아니 잠깐만?

순간적으로 번뜩이며 든 생각.

조휘는 왜 지금까지 이 생각을 못했는지 스스로도 어처구니가 없었다.

현대 요식업의 첨단이 무엇이었던가?

패스트푸드(fast food).

적정한 수준의 맛을 저렴한 가격으로 가장 빨리 내어놓는 것.

이 간단하고 스마트한 생각으로 세계의 요식업을 하나의 상호로 덮어 버린 회사 맥도날드.

현대인이라는 놈이 이걸 잊고 있었다니 그 한심함에 어이가 달아날 지경이다.

합비의 수많은 객잔을 돌며 중원 요리들의 레시피나 구하고 다니던 자신의 모습이 한심해 미칠 노릇이었다.

왜 병신같이 단짠이니 뭐니 중원의 요리만 발전시키려고 했을까?

이미 자신의 머릿속에는 수많은 현대의 레시피로 꽉 차 있는데.

게다가 패스트푸드는 자신이 구상하고 있는 딜리버리 사업에 더욱 어울리지 않는가?

"하아……."

자, 이제 생각해 보자.

빵을 만드는 데 필요한 것은 밀가루, 소량의 소금, 그리고 이스트다.

밀은 흔하게 구할 수 있으니 패스.

소금도 그리 많은 양을 필요로 하지 않기 때문에 문제가 되지 않는다.

이스트?

이건 효모, 즉 누룩이다.

술을 만드는 곳이라면 중원 천지에 누룩을 쓰지 않는 곳은 없다. 지천으로 구할 수 있는 것이다.

다진 고기?

물론 너무나 쉽게 구할 수 있다.

상추? 케찹?

악마의 열매라 불렸던 토마토를 탐험가 코르테스가 중남미에서 유럽으로 가져오는 것이 16세기경이니 아직 없겠지.

하지만 대체할 소스가 너무나 많다.

물론 케찹의 독특한 맛을 완전히 따라갈 수는 없겠지만 그에 못지않은 풍미를 지닌 향신료들이 중원에는 너무나 많았다.

분명 몇 차례 시행착오가 있겠지만 햄버거를 구현하기는 그렇게 어렵지 않을 것이다.

발상을 전환하니 설탕의 대체제도 금방 떠올려진다.

엿기름, 즉 조청이다.

조청을 햇빛에 말려 빻아서 가루로 만들면 충분히 설탕처럼 쓸 수 있는 것이다.

그렇게 핫도그, 호떡, 떡볶이 등 온갖 패스트푸드가 조휘의 머릿속을 스치고 있었다.

한데, 과연 조휘가 현대에서 누렸던 것이 패스트푸드만 있을까?

조휘가 장일룡의 크고 우람한 근육들을 바라보다 씨익 웃었다.

"저와 사업 하나 해 보시겠습니까?"

호기심 잔뜩 어린 눈으로 조휘를 바라보는 장일룡.

"사업? 장사 말이우?"

조휘가 자신이 지어 보일 수 있는 최대한의 부드러운 미소를 지으며 친근하게 말했다.

마치 다단계 회사에 친구를 끌어들이는 그런 느낌!

"뭐 그렇게 거창한 건 아니고 나중에 자세하게 말씀드리죠. 결코 후회하진 않을 겁니다."

"뭐 알겠수! 난 이제 정파인이니까! 정정당당하게 돈 벌 수 있으니까! 하하하!"

와나 이 뇌 깨끗한 새끼.

이런 단순한 놈들만 세상에 가득하면 얼마나 좋을까?

조휘가 여전히 푸근한 미소를 풀지 않으며 품에서 장부를 꺼내 들었다.

"여기…… 이게 그 근로계약서라는 건데…….."

정정당당하게 돈을 벌 수 있다는 생각에 한껏 들뜬 얼굴로 계약서를 받아 드는 청뇌(淸腦) 장일룡.

"오오! 계약서!"

칼 들고 협박이나 해 봤지 이런 깨끗한(?) 방식으로 돈을 벌게 되는 건 처음이다.

"뭐 별다른 건 없고 중요한 건 월봉이겠죠. 은자 오십 냥 어떻습니까?"

휘둥그레 뜨여진 장일룡의 두 눈.

"월봉이 오, 오십 냥?"

재수 없으면 달포에 은자 삼십 냥의 매출(?)도 올리지 못하는 산채도 수두룩한데 한 사람의 월봉으로 오십 냥?

이게 정말 실화인가 싶은 장일룡의 표정이다.

"형님! 정말 오십 냥을 월봉으로 준단 말이오?"

"두말하면 잔소리죠. 저는 절대 허튼소리 안 합니다."

갑작스러운 호의를 받게 되면 누구나 의심의 마음을 품게 된다.

"난 이제 당당한 정파인이오! 혹시 뭐 사람을 죽이거나 그런 일을 시키는 건 아니겠지?"

장일룡의 미심쩍은 얼굴.

이에 조휘는 또다시 예의 천사 같은 미소를 지어 보인다.

"그저 서 있기만 하면 되는 일입니다."

"그냥 서 있는다? 그런 일도 있단 말이우?"

"하하! 천천히 가시죠. 차차 알게 될 겁니다."

그때 저 멀리 소란스러운 소리가 들려왔다.

"화산소룡이다!"

"강호제일 신성(新星)이다!"

절도 있게 열을 지어 걸어오고 있는 화산의 젊은 도사들.

그런 그들을 바라보는 조휘가 내심 감탄을 연발했다.

'와!'

남궁세가의 후기지수들과는 또 다른 분위기다.

남궁의 검수들이 묵직한 바위 같은 느낌이라면 저들은 수수하지만 화려한 느낌이 든다.

수수하지만 화려하다?

그 무슨 모순된 표현인가 싶기도 하겠지만 실제로 느껴지는 바가 그랬다.

말끔하게 차려입은 새하얀 도복.

검병에 새겨진 매화 문양을 제외하고는 흔하디흔한 철검.

그 모습들이 너무 평범해서 오히려 이질적으로 느껴질 정도였다.

하나 특징적인 것이 있다면 그들의 안색이나 혈색이었는데 평범한 사람들과는 뭔가가 달랐다.

밝고 화사하다.

굳이 그 느낌을 표현하자면 풍기는 생명력의 아우라가 틀리다고나 할까?

-저들의 매화기공은 따로 매화생공(梅花生功)이라 불리기도 하지. 인간 본연의 생명력, 즉 선천지기를 단련하는 기공법은 무당의 태청심법과 더불어 매화기공이 유일하다. 참으로 대단한 심법이라 할 수 있지.

'제가 익히고 있는 검천대신공보다도 대단한 겁니까?'

검신이 대답할 가치도 없다는 듯 침묵한다.

자신이 얼마나 엄청난 내공심법을 익히고 있는지 전혀 알지 못하는 조휘가 그저 한심할 뿐.

화산파 일행의 가장 선두에서 걸어오고 있던 청년 도사가 절도 있게 포권했다.

"먼 길 오시느라 고생하셨습니다."

남궁장호도 마주 포권했다.

"과연 화산소룡이오. 더욱 헌앙해지셨소이다."

정중하면서도 당당한 남궁장호.

"오히려 제 쪽에서 더 감탄하게 됩니다. 기도가 남달라지셨습니다. 제법 진전이 있었군요."

남궁장호가 입술을 질끈 짓씹었다.

바로 저거다!

놈의 저런 말투가 너무 싫다!

예를 다하고 있는 척하지만 뭔가 고고하게 위에서 깔아 보는 그런 느낌.

왜 이자에게 그토록 맹렬한 투쟁심이 일어났는지 삼 년 전에는 몰랐지만 이제는 확실히 알 것 같다.

'네놈도 사람이구나!'

인간의 심성을 갉아먹는 치명적인 해충, 오만(傲慢).

지금 저놈은 그 위험하고도 깊은 늪에 빠져 있음이 분명했다.

어쩌면 당연한 것인지도 모른다.

강호제일의 신성이라 불리며 주위의 모든 사람들이 칭송을
아끼지 않으니 어깨가 으쓱거리지 않는 것이 더 이상할 터.

남궁장호는 확신했다.

무공이라면 몰라도 내적 성장은 자신이 월등하다.

가문의 어른들이 말하시길, 졸렬하고 오만한 마음으로는
절대 대성을 이룰 수 없다고 했다.

이처럼 남궁장호의 눈에도 보이는 것을 검신이라고 눈치
채지 못할까?

**-지닌 재능은 하늘 끝에 닿았으나 검(劍)에 취해 버린 놈이
구나. 위험하도다.**

검신의 짙은 우려.

마인보다 더 무서운 것이 저런 경우다.

누군가 서둘러 다잡아 주지 않으면 지닌바 재능도 다 발휘
하지 못하고 검의 마력에 빠져 검마(劍魔)가 될 녀석이었다.

**-도대체 화산의 도사놈들은 뭘 하고 있는 게냐? 내 저놈을
꼭 밟아야겠느니.**

'어, 어르신!'

사색이 된 조휘의 얼굴.

뭘 또 밟아요!

제발 그만 좀 하시죠!

이 몸은 제 몸입니다만?

-서둘러 바로잡지 않으면 강호에 커다란 재앙을 일으킬 녀

85

석이로다.

검신의 눈에 청운소는 극약 처방이 필요한 놈이었다.

바닥의 바닥까지 쳐 본 인간은 결코 그 삶이 헛될 수가 없었다.

처참해진 마음을 다잡고 그 바닥에서 기어 나올 수만 있다면 적어도 마(魔)가 될 녀석은 아니니까.

"올해는 각파에서 내건 상품의 규모가 대단하니 꼭 좋은 성과가 있으시길 바랍니다."

소룡대연회에서 좋은 성적을 낸 후기지수들을 더욱 두근거리게 만드는 것은 우승 상품들이었다.

삼 년 전 청운소는 가장 큰 상품이 걸려 있었던 비무대회를 우승했다.

그가 차지한 것은 무당의 자소단(紫霄丹). 소림의 대환단과 비견되는 강호 최고의 영약을 상품으로 하사받은 것이다.

어느새 제갈운이 다가와 화산소룡을 향해 포권했다.

"청운소 소협. 반갑습니다. 삼 년 만이군요."

청운소가 빙그레 웃는다.

"소제갈을 뵙는 것은 언제나 영광이지요. 이번에도 인중지보 신기제갈(人中之寶 神技諸葛)의 명성을 꼭 이어 가길 바랍니다."

마치 스스로 더 우위에 서 있는 듯한 교묘한 어투다.

제갈운은 남궁장호와는 다르게 훨씬 직설적이었다.

"천하제일 화산의 입장에서는 오대세가도 뭐 별거 아니죠? 구파의 권위의식이란 것은 역시 여전하군요. 참 대단합니다."

그 모습을 지켜보던 남궁장호의 속이 시원해졌다.

같은 오대세가의 입장에서 경쟁할 때는 밉상도 그런 밉상이 없지만, 등을 맞대고 구파를 상대할 때는 누구보다도 든든한 지원군이었다.

"오해십니다. '신기제갈의 무림맹'이라 불리는 판국에 감히 누가 제갈가의 이름 앞에 권위를 논할 수 있겠는지요. 기분 나쁘게 들리셨다면 사과하지요."

아! 사과마저 기분이 나쁘다!

그렇게 제갈운이 비릿해진 얼굴로 뭐라 대꾸를 하려던 찰나.

"크하하! 꽃비나 뿌려 대는 부실한 사내놈이 입심만 늘었구나!"

온몸으로 '수컷이란 이 정도는 돼야지!'라고 말하며 나타난 사내.

그간 키워 온 가슴 근육을 연신 씰룩거리는 팽각의 얼굴에는 득의양양한 기색이 가득했다.

상대할 가치도 없다는 듯 휙 고개를 돌려 버리는 청운소.

그 어색함을 견딜 수 없었던 남궁소소가 궁장을 펼치며 인사했다.

"오랜만이네요. 청 소협. 그런데 그 대단한 금번 소룡대연회의 상품이 무엇인가요?"

정혼자를 바라보는 남궁소소의 얼굴에는 그 어떤 동요도 없었다.

그저 선대의 유지일 뿐 그녀는 결코 받아들일 생각이 없는 것이다.

무엇보다 저렇게 여리여리한(?) 사내는 결코 자신의 이상형이 아니었다.

청운소의 감정 없는 눈이 남궁소소를 향했다. 그 역시 이미 삼 년 전에 그녀와 합의를 끝냈다.

둘 다 문파의 어른들에게 통보만 남은 상황.

주변의 모두가 청운소를 응시한다.

상품이 궁금한 것은 모두가 마찬가지.

"칠채사린단과 묵공신보는 이미 알고 계시겠지요. 삼 년 전 본 파의 장문인께서 다음 소룡대연회의 상품으로 걸겠다고 공언하셨으니까요."

금년의 소룡대연회가 이렇게 뜨거운 것은 화산의 장문인이자 천하제일인 자하검성(紫霞劒聖) 단천양이 다음 대회의 상품을 삼 년 전에 이미 내놓았기 때문이다.

칠채사린단은 대환단이나 자소단에 비할 바는 아니었으나 충분히 대단한 영약이라 할 수 있었다.

무엇보다 엄청난 것은 묵공신보.

묵공신보는 칠십 년 전 천하 십대 고수였던 묵검공(墨劒

公)의 진신무공이 담겨 있는 비급이었다.

이런 엄청난 상품을 내걸었기에 화산이 금년 소룡대연회의 주최자가 될 수 있었던 것이다.

"거기에 태양신검(太陽神劍)과 만년빙정(萬年氷精)이 추가되었습니다."

웅성웅성.

후기지수들의 동요는 꽤나 컸다.

태양신검과 만년빙정이라는 이름이 주는 무게가 그만큼 컸던 탓이다.

한 후기지수가 목청을 높였다.

"그것들은 모두 새외대전 이후 모습을 감춘 기물들 아닙니까?"

새외대전(塞外大戰).

무림역사에 삼대혈겁 중 하나로 남아 있는 그 이름에 모두의 가슴이 무거워졌다.

과거 태양신궁, 북해빙궁, 남만야수궁을 주축으로 한 새외무림이 중원 강호를 침공했었다.

파죽지세로 강호를 유린하던 그들을 가장 먼저 막아선 것은 구대문파가 아니라 사마천세라는 단 한 명의 무인이었다.

절대(絶大)라는 단어가 그보다 잘 어울릴까?

그는 단신으로 새외무림과 싸워 이겼다.

강호 역사상 그런 신과 같은 역량을 보여 준 무인은 그때까지만 해도 전무.

주먹을 떨치면 산악이 무너졌고 발길질 한 번에 용암이 솟구쳤다.

무림 역사상 신(神)의 휘호를 자신의 별호에 새긴 무인은 단 세 명뿐.

그렇게 사마천세(司馬天世)는 그들 중 하나인 무신(武神)이 되었다.

"맞습니다. 태양신검과 만년빙정은 각각 태양신궁과 북해빙궁의 보물이지요."

제갈운이 눈을 빛냈다.

"혹시……?"

청운소가 빙그레 웃으며 고개를 끄덕였다.

"네. 맞습니다. 태양신검과 만년빙정은 무신의 가문에서 내걸어 주셨습니다."

무신의 가문?

그건 사마세가를 뜻함이 아닌가?

그 순간 조휘의 머릿속에서 여러 어르신들의 동요 어린 음성이 한꺼번에 쏟아져 나왔다.

대부분 거친 상욕과 비난, 야유와 조소.

조휘는 이제 익숙해진 듯 담담한 얼굴로 장내를 살필 뿐이었다.

"그럼 사마세가도 이번 소룡대연회에 참가하는 겁니까?"

한 후기지수의 질문에 장내가 찬물을 뒤집어쓴 것같이 정
적에 휩싸였다.

공식적인 천하제일이 화산이라면, 비공식으로는 사마세가
다. 무신의 후예라는 이름의 무게가 그만큼 엄청난 것이다.

하지만 사마세가는 이미 오래전부터 활동을 멈췄다.

그런 자들이 갑자기 소룡대연회를 후원하며 전면에 나선
것이다.

"아닙니다. 사마세가는 여전히 참여하지 않겠다고 통보해
왔습니다."

여기저기서 들려오는 안도의 한숨.

그럼 그렇지.

본인들이 내건 상품을 곧바로 회수해 간다면 강호의 비웃
음을 사게 될 터.

참가만 한다면 그들이 우승을 하게 될 것이라는 것을 모두
의심하지 않고 있는 것이다.

청운소가 그렇게 안도하는 후기지수들을 향해 내심 조소
를 머금었다.

그냥 웃겼다.

어차피 저들은 태양신검이나 만년빙정을 차지할 수가 없다.

저토록 사마(司馬)를 두려워하는 것들이, 화산(華山)은 넘
을 수 있단 말인가?

그때 들려오는 차가운 음성.

"이제야 알겠군요."

청운소의 의아한 시선이 조휘를 향했다.

"화산의 정심한 도가무공을 익힌 자에게는 결코 나올 수 없는 편협과 오만. 이 도가의 성지에서 마(魔)라는 놈이 그렇게 쉽게 자라나선 안 되는 겁니다."

청 소협.

이거 내 대사가 아니외다.

나도 협박에 못 이겨서 이러는 거요.

여차저차해서 이 어른이 회까닥하는 날에는 내 몸을 차지할 것이 분명하다오.

그럼 소협은 복날에 개 맞듯이 맞을 텐데 그것보단 낫지 않겠소?

이제 나도 모르겠소.

"마신(魔神)의 인연이 화산에 닿은 것이군요."

화산의 장문제자 청운소의 눈에 보랏빛 기운이 일렁인 그 순간.

화산파 후기지수들의 기세도 일변했다.

강호에 마신이라 불렸던 자는 단 한 명밖에 없다.

자하마신(紫霞魔神).

그 저주받을 이름의 등장이었다.

10章.

화산파의 대표적인 무공은 이십사수매화검법과 현천심법.

하지만 언젠가부터 그들은 완전히 달라져 버렸다.

어느 날 홀연히 화산에 나타난 자하신공(紫霞神功).

그것은 정도문파의 것이라고는 도저히 생각할 수 없는 지극히 패도적인 내공심법이었다.

본디 매화검법은 빠르고 표홀하며 유려하다.

유능제강(柔能制剛)의 검.

하지만 거기에 자하신공이 더해지자 유능제강 속에 극패의 기운마저 담겨 버렸다.

화산의 모든 검수들이 환호했다.

95

전설처럼 전해 내려오는 암향매화가 완성된 것처럼 보였으니까.

등장하자마자 곧바로 무림오대신공에 속해 버린 그 엄청난 내공심법으로 인해, 화산은 당대의 천하제일이라는 명성을 차지할 수 있었던 것이다.

한데 강호의 식견 있는 학자들 사이에 묘한 소문이 돌기 시작했다.

'자하신공은 마공이다'라는 소문.

무림 역사에 등장한 첫 번째 신, 마신(魔神).

그 옛날 천마신교의 초대 교주이자 절대악의 상징이며 두려움과 경외의 대상이었던 자.

문제는 그가 따로 자하마신이라고도 불렸다는 점이었다.

마교도들은 그의 마공을 일컬어 마신공(魔神功)이라 부르며 칭송했지만, 반면 정파인들은 두려움을 가득 담아 자하마공(紫霞魔功)이라 부르며 저주했었다.

전장에서 마주친 그의 전신은 언제나 보랏빛 귀화로 불타오르고 있었으니까.

그런 마신의 전설적인 마공을 강호는 아직도 선연하게 기억하고 있었다.

한데 갑작스럽게 나타난 화산의 내공이 어딘가 모르게 그런 자하마공과 닮아 있었던 것.

자하신공.

그 전율적인 패도성과 무한의 내공력, 보랏빛 귀화까지 너무나 흡사했던 것이었다.

암암리에 그런 소문이 돌자 화산은 오히려 당당하게 강호의 정도명가들을 찾아가 자하신공을 검증하기에 이르렀다.

당시, 강호의 가장 큰 어른이자 존경받는 대원로였던 일양진자는 무당의 태청궁에서 확신에 찬 어조로 공언했다.

-*화산의 자하신공은 틀림없는 정도 내가심법이다!*

그가 살펴본 자하신공에는 역천의 기운, 즉 마기(魔氣)가 단 한 줌도 존재하지 않았던 것.

그렇게 모든 논란이 끝난 이 시점에서 조휘가 다시 그 일을 입 밖으로 꺼낸 것이다.

청운소의 두 눈에서 보랏빛 귀화가 일렁였다.

"이미 백 년 전에 모든 논란이 종식된 그 일을 다시 입 밖으로 꺼내다니 담이 꽤 큰 자로군요."

진득한 살기마저 느껴지는 청운소의 표정. 아무리 정도를 대표하는 화산파라지만 명예가 찢기고도 참을 수는 없는 노릇이었다.

그 심상치 않은 분위기에 장내가 얼어붙는 듯한 적막에 휩싸였다.

난감한 표정을 짓고 있는 조휘.

-*비켜라!*

자꾸 비키긴 뭘 비켜요!

내 몸이거든요?

이 사람 많은 곳에서 어르신이 깽판을 쳐 놓으면 뒷감당을 어떻게 하라고요!

제갈운이 서둘러 중재했다.

"하하! 좋은 날에 갑자기 왜들 이러는 거죠? 실력을 겨룰 기회야 앞으로 얼마든지 있잖아요?"

그럼에도 청운소는 쉽사리 노기를 풀지 않았다.

하지만 그렇다고 이렇게 보는 눈이 많은 곳에서 다짜고짜 검을 뽑을 수는 없는 노릇.

"이름을 밝히시죠."

대답은 남궁장호가 했다.

"본 세가의 빈객이신 조휘 소협이시오. 아직 조 소협께서 견문이 좁아 그런 것이니 양해 바라겠소."

조휘가 한숨을 푹 쉬며 고개를 숙였다.

순식간에 견문 좁은 놈이 되어 버린 것이다.

예예. 이게 다 검신 어르신 덕분입니다.

자꾸 성질 그만 내시죠.

보는 눈이 없을 때 기회를 드릴 겁니다.

이제 저도 저 새끼가 재수 없거든요.

제갈운이 뒤를 돌아보며 손을 휘휘 저었다.

"자자, 대충 인사치레 끝났으면 빨리 짐이나 풀죠."

그의 말에 오대세가의 후기지수들이 차례로 각자의 객방

으로 흩어졌다.

어느덧 해가 뉘엿뉘엿 저물어 가고 있었다.

화산의 길고 긴 밤(夜)을 알리는 노을이었다.

◆ ◈ ◆

적막한 접객당 안.

어느덧 묵묵하게 자신의 몸을 점검하고 있는 조휘다.

그는 다름 아닌 조휘의 육신을 차지한 검의 조종(祖宗) 검신이었다.

"쓸 만해졌군."

자신이 변모시킨 조휘의 육체를 흡족해하는 검신.

물론 검천대신공의 경지가 낮아 아직 모든 검법을 펼치기에는 부족하다.

그러나 자신의 경지는 뜻을 세우면 천하가 동하는 의념의 경지.

애초에 정신의 공부에 속하는 의형검은 육체의 굴레를 벗어난 경지였다.

곧 검신의 허허로운 눈이 산상(山上)을 향했다.

느껴지는 두 개의 자색 귀화(鬼火).

하나는 커다랗고 하나는 그에 비해 아직 작다.

검신이 거침없이 발을 굴렸다.

콰앙!

접객당의 바닥이 으깨지며 곧 그의 신형이 사라진다.

허공에서 바라보는 하나의 전각.

아무렇지도 않게 화산의 허공을 부유하고 있던 그가 천천히 미끄러지듯 하강한다.

전설의 능공천상제(凌空天上梯).

누가 보았다면 게거품을 물며 뒤로 자빠졌을 광경이다.

검신이 광대무변한 살기를 일으켜 한 점으로 모았다.

순간 거칠게 수련당을 박차고 나오는 백의 청년.

그렇게 청운소가 도저히 믿을 수 없다는 듯한 눈으로 검신을 응시하고 있었다.

몸서리쳐지는지 가늘게 몸을 떨고 있는 청운소.

"······당신은?"

낮에 봤던 그자다. 화산의 무공을 향해 마(魔) 운운한 자.

"대체 이런 살기가······."

순간 검신의 눈이 칠채서기를 내뿜는다.

가볍게 일으킨 의념(意念).

그러자 연무장 거치대에 꽂혀 있던 연습용 검 하나가 스스로 뽑히더니 천천히 허공을 가르며 검신의 손에 쥐어졌다.

"겨, 격공섭물?"

경악의 얼굴로 굳어져 버린 청운소.

검이 우아한 포물선을 그리며 날아온 거리는 대충 십여 장이다.

이 거리에서?

이런 건 듣지도 보지도 못했다.

사부님조차 불가능한 일일 터.

그가 도저히 믿을 수 없다는 눈으로 검신을 바라보고 있었다.

"네놈의 심법이 신공(神功)임을 증명해 보라."

청운소가 처절하게 입술을 깨물었다.

그야말로 질려 버릴 정도다.

상대는 단지 무심한 눈으로 그 기도만 드러냈을 뿐이다.

그럼에도 진득한 패배감이 온몸을 짓누르고 있었다.

이런 경지가 있다는 것을 전설로만 접해 봤다.

평생토록 화산의 검수로 살면서 단 한 번도 보지 못한 신위.

그야말로 사상 최강인 자다.

허나 명예가 능욕당하고도 나서지 않는다면 어찌 정파의 무인이라 자처할 수 있겠는가?

챙!

"그리도 원한다면 보여 주지!"

화산의 장문제자 화산소룡 청운소가 드디어 본인의 진정한 무위를 드러내기 시작한 것이다.

그의 두 눈이 온통 보랏빛 귀화로 물들자.

화르르르르!

막강한 기운이 그의 온몸을 타고 흘러나온다.

검신이 조소를 머금었다.

"과연, 생공(生功)으로 마화(魔花)를 숨겼으니 천하를 속일 만하구나."

검신이 자하신공의 본질을 단숨에 꿰뚫어 본다.

뛰어난 포용력을 지닌 매화생공과 마신공이 결합된 형태 라는 것을 한눈에 알아본 것이다.

"아무리 마화를 숨겨 본들 본질이 바뀌겠느냐. 네놈의 경 지는 틀림없는 마신경(魔神境) 제사경(第四境) 이화진체(二 火眞體)."

순간 청운소의 가슴 한구석이 서늘해졌다.

'이자가 이화진공을 어찌?'

마지막 단어가 틀리긴 했지만 어떻게 이자가 자하신공의 단계를 알고 있단 말인가?

자신의 경지는 틀림없는 자하신공의 사 단계 이화진공인 것이었다.

"이화진체로는 결코 내 검을 막을 수 없지."

검신의 검이 천천히 전방을 향하자.

우우웅!

처음에는 작은 점들이 허공의 공간을 일그러뜨리며 나타 났다.

그렇게 공간을 찢고 나타난 수십 개의 투명한 검들.

오랜 세월을 격하고 마침내 강호에 다시 그 모습을 드러낸 하나의 성명절기.

그것은 검의 조종이자 신으로 불린 자의 검법이었다.

천검류(天劒流).

천하유성검(天下流星劒).

그 빛나는 검기의 향연에 청운소는 석상처럼 굳어졌다.

검광의 파도가 도도하게 쏟아진다.

그다지 강맹하지도 위협적이지도 않았다. 오히려 천하를 포용하듯 부드럽다.

그러나 그 속에 담긴 막강한 경기(勁氣)를 느끼는 자는 오직 상대로 나선 청운소뿐이었다.

청운소가 손아귀가 찢어질 것처럼 매화검을 움켜쥔다.

곧 그는 화산이 자랑하는 환검(幻劒)의 정수로 맞섰다.

만개한 매화는 천 가지 향을 내뿜나니.

이십사수매화검(二十四手梅花劒).

천향밀밀(千香密密).

쏴아아아아아!

순식간에 허공이 붉은 매화 꽃잎으로 물들었다.

그 꽃잎들 하나하나가 모두 검기로 피워 낸 검화.

이제 막 약관을 벗어난 후기지수의 경지라고는 믿기 힘든 경지였다.

이미 후기지수의 굴레를 벗어난 천재 중의 천재.

그러나 그가 피워 낸 검화는 그 어느 하나 유성의 검에 닿지 못했다.

눈 녹듯 사그라지는 매화 꽃잎들.

검신의 검들은 그저 부드러운 호선만을 그릴 뿐 천하에 거침이 없었다.

'……이건!'

분명 시야를 벗어난 공격도 아니었고 그 느릿한 움직임을 충분히 피할 수 있다고 생각해서 보법을 일으켰다.

그런데 모두가 자신의 몸에 적중했다.

그 흔한 파공음 하나 없이.

청운소가 걸레짝처럼 찢어진 자신의 몸을 억지로 가누며 거칠게 검을 바닥에 꽂았다.

"……크윽!"

피투성이가 된 청운소를 그저 무심한 눈으로 응시하는 검신.

"이화(二火)를 모두 꺼뜨렸으니 어쩔 테냐. 네 속에 웅크리고 있는 진마(眞魔)를 꺼낼 의향이 이제는 생기겠느냐?"

청운소가 피가 나도록 입술을 깨물며 검을 고쳐 잡더니 발악하듯 외쳤다.

"화산의 검은 결코 마검이 아니다!"

"그래?"

검신이 또다시 검을 천천히 들어 청운소를 가리켰다.

순간 청운소는 자신의 몸을 통제할 수 없었다. 의념을 모르는 자는 결코 알 수 없는 현상.

그 기이한 결박에 청운소가 몹시 당황해했다.

"무, 무슨 짓을! 모, 몸이!"

그때 검신의 검극이 가볍게 흔들린다.

툭! 투툭!

"크아아악!"

처절한 비명을 지르는 청운소.

그것이 검으로 이룩할 수 있는 최고의 경지, 무형검기(無形劍氣)라는 것을 청운소는 알아볼 수가 없었다.

"생공으로 역천(逆天)까지 숨길 수야 있겠느냐? 보아라. 네 놈들이 신공이라 부르는 마신공의 실체를."

투툭!

투두툭!

무형검기로 또다시 청운소의 주요 혈도를 자극하는 검신.

"크으윽! 끄아아아아아아!"

모든 마공은 역천, 즉 역혈의 운용법에 기반한다.

그와 같은 역혈의 운행을 생공으로 숨기고 있었지만, 검신이라 불렸던 무인이 그것을 몰라볼 리가 없었다.

"어서 보여라!"

순간, 청운소의 기도가 일변했다.

"닥쳐! 닥치라고! 닥치라고 이 개 같은 새끼야아아아아!"

두 눈에서 일렁이던 그의 보랏빛 귀화가 온몸으로 번져 갔다.

육백 년 만에 드러난 자하마공(紫霞魔功)의 진정한 모습이
었다.

화르르르!

처절한 귀화로 물든 청운소는 완전히 다른 인간으로 변모
해 있었다.

흉흉한 귀화로 빛나는 그의 두 눈은 가히 천하를 찢어발길
기세.

살을 에는 듯한 파괴적인 살기가 그의 온몸에서 뿜어져 나
온다.

그제야 검신이 쓴웃음을 머금었다.

"……진마(眞魔)로구나."

오랜 추억이 떠오른 듯 우수로 물든 검신의 눈빛. 그의 슬
픈 두 눈이 고즈넉한 화산의 전경을 향했다.

"무위(無爲)를 꿈꾸는 도인이라는 것들이 어찌 이리 무가
치한 욕념에 사로잡혀 있단 말인가……."

허망한 표정으로 탄식하던 검신이 천천히 검을 들어 사선
으로 그었다.

순간 강렬한 마기를 내뿜으며 검신에게로 짓쳐 오던 청운
소가 그대로 쓰러진다.

그러자 검신이 바닥에 검을 꽂고서 청운소를 업었다.

노기로 물든 얼굴.

그가 진득하게 응시하고 있는 곳은 산상의 어느 한 전각이

었다.

그곳은 화산의 가장 높은 봉우리인 낙안봉에 자리 잡고 있
는 매화신궁.

검신이 발을 굴렀다.

콰앙!

거대한 구덩이가 생겨나며 순식간에 시야에서 사라져 버
린 검신과 청운소.

이 모든 일이 불과 반각도 채 지나지 않아 벌어진 일이었다.

화산 이십팔 대 장문인 단천양.

서화를 그리던 그의 오른손이 순간 멈칫한다.

'……대체?'

창밖을 바라보는 그의 얼굴이 전율로 물들어 있었다.

마치 거대한 산맥을 통째로 옮겨 놓은 듯한 무게감.

수백, 수천만 근의 검 하나가 엄청난 존재감을 드러내며 자
신을 짓누르는 듯한 환상에 사로잡힌다.

자하검성(紫霞劍聖).

칠무좌의 수좌.

당대의 천하제일인.

그런 그가 이토록 동요했던 적이 있었던가?

정말 이것을 한 인간의 존재감이라고 말할 수가 있을까?

육신의 탈을 쓰고 어찌 이런 기운을 일으킬 수 있단 말인가?

가히 천재지변 같은 위압감.

-나오게.

육합전성으로 들려오는 목소리.

단천양이 천천히 자리에서 일어났다.

동요하는 마음을 억지로 다잡으며 발걸음을 옮긴 그 순간.

'내공이……?'

기해혈을 가득 메우고 있던 자하신공의 기운이 단 한 점도 모이지 않는다.

'의형상인(意形傷人)?'

오직 일으킨 뜻만으로 상대를 상하게 하는 전설적인 경지.

그저 그런 경지가 존재한다는 것을 전설로만 들어 봤을 뿐 이렇게 온몸으로 체감하게 되리라고는 생각지도 못한 단천양이었다.

'선인(仙人)이로구나.'

이런 엄청난 의념의 공부는 필시 인세의 무공이 아닐 터.

단천양은 더욱 몸과 마음을 정갈히 하고 발걸음을 옮겼다.

마침내 검신을 발견한 그가 예를 다해 몸을 낮추었다.

"선인(仙人)을 뵙겠소."

상대의 모습은 그저 약관의 청년일 뿐이었다.

허나 선인의 외모란 그저 잠시 쓰고 버리는 껍데기일 뿐.

그의 실체를 알아볼 수 있는 단천양에게는 아무런 의미가 되지 않았다.

평생 도를 닦아 진인(眞人)에 이른 자가 더욱더 수양하고 정진하여 마침내 한 자락 깨달음을 얻어 도달하는 자리가 선인이다.

그것은 모든 도사들이 희망하는 생의 지표이자 꿈이었으며 완성이었다.

단천양으로서는 선인은커녕 아직 우화등선의 경지, 그 직전에 들려온다는 학의 울음소리조차 들어 보지 못했다.

이러한 존경의 몸짓은 어쩌면 당연한 일인 것이다.

툭.

문득 시야에 들어온 피투성이의 청년.

청년의 얼굴을 살피던 단천양이 경악하며 주저앉았다.

"운소야! 이놈아!"

피투성이의 청년은 다름 아닌 화산의 장문제자, 즉 자신의 제자인 청운소이지 않은가?

"이게 무슨 짓이오! 선인이란 존재가 어찌 이런 악업을 쌓을 수 있단 말이오!"

검신의 차디찬 음성이 들려온다.

"제자의 몸에 마(魔)를 구겨 놓은 놈이 지금 내게 악업을 논하느냐?"

석상처럼 굳어진 단천양.

"아무리 도를 수양하는 자들이라고 하나 그 역시 인간인 것을…… 잠시 삿된 욕망에 눈이 멀 수도 있는 게지. 허나……."

저 멀리 검이 천천히 날아온다.

연무장에 꽂아 놨던 바로 그 수련용 철검이다.

"네놈들이 진정 도가(道家)라면 그 허욕과 번뇌를 일대(一代)로 끝냈어야 했다."

어느새 검신의 손에 감긴 철검.

"감히 제 스스로 후대까지 망가뜨리려는 것이냐?"

"……욱!"

순간 단천양이 거칠게 피를 한 사발이나 토해 냈다.

경악으로 얼룩진 얼굴.

그렇지 않아도 산맥 같은 거대한 존재감을 뿜어내던 자였다.

그런데 검을 들자 또 바뀌었다.

그 산맥 같은 기세가 검의 예기를 빌어 한 점에 모였다.

그 파괴력을 마주하자 심맥이 모두 으스러진 것이다. 아무리 선인이라지만 이건 도가 지나치지 않은가?

자신은 당대의 천하제일인.

그런 자신이 검에 담긴 기운만으로 심맥이 으스러지다니!

의형상인?

과연 이런 것을 의형상인이라 부를 수 있을까?

마치 신 같다.

저런 자가 인간들의 세상에 있어선 안 된다.

화산의 일에 관여하는 것 자체가 반칙인 것이다.

단천양이 으스러져라 이를 깨물었다.

"인세(人世)의 일이오. 왜 선주일계가 인세의 일에 관여한단 말이오?"

선주일계(仙主日界).

선계(仙界)를 높여 부르는 말이다.

검신이 과연 그도 그렇다는 듯 고개를 끄덕였다.

자신은 이미 일생을 마치고 혼으로 떠도는 몸. 의천혈옥의 인과를 통해 인간을 초월하는 재능을 얻었기에 영혼조차 혈옥에 매인 몸이었다.

하지만 하늘(天)이란 것이 진정으로 존재한다면…….

자신에게 이 조휘라는 후대와 연을 닿게 한 것은 다 그만한 이유가 있어서일 것이다.

검신은 그 이유가 오늘의 일과 무관하지 않다는 것을 한 치도 의심하지 않고 있었다.

"네놈의 생각처럼 내가 선인은 아니나 혈옥의 인과에 묶인 자로서 인세에 관여하는 것이 그리 좋은 일은 아닐 테지. 하여 그 자격을 얻겠네. 어쨌든 이 몸을 빌었으니 나도 일단 '사람'일 테니."

순간 검신이 자신의 모든 역량을 드러낸다.

우우우웅.

칠채서기가 뿜어져 나온다.

그것은 힘이나 기세 따위가 아니었다.

그의 검이 광대무변한 대자연으로 화(化)해 있었다.

"강호인의 자격으로 후배에게 다시 묻겠느니, 마(魔)를 향한 갈망을 진정 포기할 수 없겠느냐?"

그의 한마디에 전율이 인다.

이런 존재가 강호인이라고?

단천양이 의혹을 가득 담은 눈으로 묻는다.

"도대체 귀하께서는 누구란 말이오?"

그 순간, 단천양의 눈앞에 환상이 일어났다.

그 일격은 막강한 기운이 담긴 검강(劍罡)도, 전설상의 경지라 일컫는 심검(心劍)이나 이기어검(以氣馭劍)도 아니었다.

그저 도도하게 앞으로 나아가 대자연이 되어 화산을 덮친다.

멸(滅).

이천 장(丈)의 규모를 자랑하던 화산파가 그대로 사라졌다.

으깨지거나 파괴된 것이 아니라 그냥 말 그대로 '증발'이 되어 버린 것이다.

"허억, 허억……!"

어느새 환상에서 깨어나 거칠게 숨을 몰아쉬고 있는 단천양.

검신이 반개한 눈으로 예의 잔잔한 음성을 이어 갔다.

"네놈이 감히 화산검종(華山劍宗)의 종사라 자처한다면 이

한 수에 담긴 검의를 몰라볼 수가 없지 않겠느냐?"

천검류(天劍流).

천하공공허무검(天下空空虛無劍).

무림의 역사에 이와 같은 신위를 보인 검수는 단 한 명밖에 없다.

신들 중에서도 최강.

검을 익힌 모든 검수들의 신화.

"……검신?"

절대경을 능가하는 인외의 경지.

그 궁극의 자연경(自然境)을 이룩한 무인은 무림 역사에 단 세 명.

그중 검을 취하고 있는 자는 오로지 검신뿐이었다.

"경고컨대 마를 취하고는 결코 화산검종의 극의에 다가갈 수 없음이니…… 암향매화(暗香梅花)는 오로지 생기를 취한 자만이 이룩할 수 있음이다."

검신의 그 한마디에 단천양이 벼락에 관통당한 듯 몸을 퍼덕였다.

환상으로 보여 준 일검(一劍).

그 한 줄기 깨달음의 정수가 순식간에 단천양을 휘감는다.

자하신공이 사라진 자리, 그 텅 빈 단전에서 생명의 기운이 천천히 자리 잡았다.

마침내 화산의 모든 생명의 정수가 그에게로 모인다.

일 갑자니 이 갑자니 하는 내공의 절대량으로서는 도저히 설명할 수 없는 도도한 생명의 흐름.

그렇게 단천양은 진정한 매화생공(梅花生功)을 충만히 깨닫고 있었다.

매화생공의 기운이 으스러진 그의 심맥을 천천히 회복시키자 곧 그의 혈색도 본래처럼 되돌아왔다.

교교한 달빛이 검신의 흐뭇한 미소를 비춘다.

"드디어 피어난 암향매화여."

은은한 암향(暗香)이 단천양이 운기하고 있는 자리를 중심으로 사방 천지로 퍼져 나갔다.

삼백 년 동안이나 실전되었던 화산의 전설, 암향매화가 드디어 다시 화산에 재림한 것이다.

'이, 이것이……'

단천양이 한 줄기 눈물을 흘리며 바라본 세상.

그야말로 모든 것이 달라져 있었다.

천지간의 모든 생명의 기운과 연결되어 있는 자신.

그런 열락의 쾌감에 몸을 떨던 그가 문득 검신을 응시한다.

그의 눈빛은 어느새 검신과 닮아 있었다.

"이것이 정녕…… 혹시 제가……."

검신이 여전히 흐뭇한 얼굴로 긍정했다.

"대공을 축하하네."

단천양이 절대경 다음의 경지인 자연경, 그 초입에 입문한 것이다.

'선조들이시여⋯⋯.'

설움이 폭발했다.

천하제일의 명성을 떨치고도 늘 공허했던 마음이었다.

이 한 줄기 깨달음을 위해 그토록 발버둥 쳐 왔단 말인가?

대공을 이루지 못하고 자하(紫霞)의 심마에 빠져 죽어 간 화산의 역대 종사들. 단천양이 묵념으로 그들을 기렸다.

이제 와서 선조들이 자하를 취한 것을 탓할 수는 없었다.

암향매화를, 그 진정한 화산의 정수를, 꿈에서도 그리워했던 것은 화산의 모두가 마찬가지였으니까.

다만, 삿된 길인 걸 알면서도 그 힘에 취해 모두 모른 척했을 뿐이었다.

이 일이 지속되었다가는 암향매화는커녕, 결국은 화산의 손에 의해 마신의 겁화가 피어나 이 강호를 피로 물들이는 악귀가 되었을 것이다.

문득 고개를 들어 검신을 쳐다보는 단천양.

이제야 진정한 상대의 모습이 보인다.

이미 그는 채우는 것을 넘어 모든 것을 비웠다.

실로 까마득한 경지.

"진정 검신 선배님이란 말입니까?"

긴 침묵.

그러나 침묵은 때론 긍정이다.

삼백 년 전의 무인이 어찌 지금 자신의 눈앞에 나타날 수 있는 것인지, 왜 화산에 이런 호의를 내보이는지, 모든 것이 상식적으로 설명되지 않았다.

　그럼에도 단천양은 단 한 치도 의심하지 않았다. 자신이 직접 모든 것을 경험하고 체화하지 않았는가?

　곧 그가 몸을 엎드려 지극한 예를 표했다.

　"……가르침에 감사드립니다. 그리고 화산을 구해 주셔서 감……."

　어느새 검신이 있던 자리에는 적막한 공허만이 가득하다.

　멍하니 허공을 응시하던 단천양의 시선이 곧 제자를 향한다.

　뿌옇게 차오르는 눈물을 닦지도 않은 채 그가 제자의 얼굴을 어루만진다.

　"미안하구나. 너무 미안하구나."

　그렇게 화산의 자하신공이 역사 속으로 사라졌다.

　짙은 어둠이 내려깔린 접객당 안.

　조휘가 검신 어른이 쓰고 간(?) 자신의 몸을 무표정한 얼굴로 이리저리 살펴보는 중이었다.

　어찌 보면 나약한 육신.

　이런 인간의 몸으로 그와 같은 신위를 보일 수 있다는 것이 아직도 믿겨지지 않는다.

　신(神).

그의 별호에 담긴 그 한 글자의 위용.

괜히 길고 긴 무림사에 단 세 명밖에 없는 것이 아니었다.

그야말로 검의 신이었다.

단 일검으로 화산을 멸했다.

단지 상대에게 환상으로 보여 준 의념이었으나 분명 그것
은 가능한 일이었다.

검신 어른이 보여 준 모든 한 수 한 수, 그 초절한 의념의
세계와 무한의 감각들.

그 모든 정보가 아직 뇌리 속에 화인처럼 선연하게 각인되
어 있었다.

남궁장호의 검법도 대단할 것이다.

팽각의 도에도 거력에 담겨 있을 것이다.

장일룡의 창술도 한 사람의 무인으로서 모자람이 없을 것
이다.

그것은 모두 무(武)이며 강호(江湖).

하지만 검신 어른이 보였던 것들이 과연 무(武)에 속할 수
있을까?

그 대단한 남궁장호조차 두려움을 품게 만드는 청운소를
일 초식으로 끝내 버리고.

천하제일이라는 화산파 장문인을 의념의 환상만으로 굴복
시키는 게 무(武)?

일검에 한 문파를 세상에서 지워 버리는 검(劍)이 강호의

무공에 속한다면 그것은 반칙이다.

그런 검의 신에게 누가 대적할 수 있단 말인가?

과연 이 신에게 문파나 세력, 아니 군대나 황제조차 어떤 의미로 남을 수 있단 말인가?

막연히 상상했던 신의 실체를 직접 마주하니 진득한 두려움이 밀려들어온다.

이제 자신은 검신 어른을 설득해야 했다.

당신이 다시 세상에 나오는 일은 결코 없어야 한다고.

화산에 자하(紫霞)라는 마가 있었다면…….

이것은 조휘의 마(魔)였다.

소룡대연회의 첫날이 밝았다.

화산파의 장문인이자 자타가 공인하는 천하제일인 단천양이 매화신검을 번쩍 들어 올려 개회를 선언한 그 순간.

떠나갈 듯한 후기지수들의 함성이 화산을 가득 메웠다.

-와아아아아아!

청춘(靑春).

그 아름다운 이들에게 허락된 대축제의 시작이었다.

오늘을 얼마나 설레며 기다려 왔을까?

그동안 수련에 수련을 거듭한 모든 청춘들의 열기와 다짐이 화산에 모였다.

엄청난 환호 속에서 남궁장호도 피가 들끓었다.

'이번에는 기필코……!'

으스러지게 말아 쥔 주먹.

삼 년 전의 그 치욕을 생각하면 아직도 치가 떨린다.

문득 그가 주위를 살폈다.

화산파의 다른 후기지수들은 눈에 띄었다.

한데 화산소룡 청운소가 보이지 않는다.

"남궁 형? 잘 잤수?"

들뜬 기색이 가득한 장일룡이 호탕한 걸음으로 다가오고
있었다.

남궁장호가 부르르 몸을 떨었다.

"분명 경고했을 텐데?"

저 얼굴로 형이라니!

그리고 존댓말이 존댓말처럼 들리지도 않아!

남궁장호가 못마땅한 얼굴로 시선을 돌렸다.

시선이 닿은 곳에는 제갈운과 조휘가 환담을 나누며 걸어
오고 있었다.

더욱 얼굴을 일그러뜨리는 남궁장호.

왠지 점점 조휘가 제갈운과 더 친해지는 것 같아 마음에 들
지 않았던 것이다.

"만년빙정(萬年氷精)에 대해 좀 더 자세히 알고 싶습니다."

조휘가 제갈운에게 질문하고 있었지만 재빨리 남궁장호가
낚아챈다.

"내가 설명해 주겠소!"

갑자기 남궁장호가 끼어들자 제갈운이 입을 삐죽거렸다.

"거 원래 하던 것처럼 무게나 잡고 계시죠."

남궁장호는 아랑곳하지 않았다.

"만년빙정은 북해의 보물이오. 빙공(氷功)과 같은 음한 계
열의 기공을 익히는 자들에게는 그야말로 축복과 같은 물건이
라 할 수 있소. 또한 절맥을 앓고 있는 여인들에게도 좋은
치료 방편이 되어 주니 강호의 무가지보라 할 수 있소."

"그 형태는요?"

"내 직접 보지는 못했지만 그 모습이 마치 빙관 같다고 들
었소. 사람이 누워 음한기공을 익힐 수 있게 만든 물건이니 말
이오."

조휘의 안광이 번뜩였다.

"냉기가 무한정 유지되는 겁니까?"

제갈운이 자신의 견문을 뽐냈다.

"새외대전 당시 드러난 물건이긴 하지만…… 북해의 전설
에 따르면 만년빙정이 등장한 것이 천 년이 넘었다고 알려져
있어요."

"……천 년이요?"

멍하니 굳어 버린 조휘의 표정.

과연 '만년'빙정이라더니 닉값 한번 오진다!

"어느 분야의 상품입니까?"

조휘의 얼굴이 탐욕으로 번들거리고 있었다.

만년'빙'정이라는 단어를 접한 순간부터 뇌리를 가득 메운 하나의 아이디어!

그 천연냉장고를 절대 놓칠 수가 없는 것이다!

중원의 물, 그 악명은 유명하다.

중원에서 차(茶)가 발전한 것은 마실 수 없는 물을 마시기 위해서는 끓여야 했기 때문이다.

조휘는 이 중원세계로 오면서 '찬물'을 먹어 본 적이 없었다.

어딜 가나 뜨뜻한 차만 마셔야만 했다. 늘 차가운 아메리카노를 쪽쪽 빨며 살아온 문명인에게는 그야말로 지옥 같은 곳이 아닐 수 없었다.

"글쎄요. 분야별 상품은 주최자가 정하는 것이라…… 그들의 의도를 저로서는 짐작하기 힘들군요."

그런 제갈운의 대답에 남궁장호가 코웃음을 쳤다.

"자꾸 머리를 굴려 생각하려고만 드니 한계가 금방 드러나는 것이다. 움직여 행동하는 자를 네놈이 이길 성싶으냐?"

어느새 성큼 걸어가 화산의 후기지수들 앞에 선 남궁장호.

곧 그가 정중하게 포권하며 물었다.

"남궁장호요. 금번 소룡대연회의 분야별 상품을 알고 싶소만."

화산제자 청운학이 빙그레 웃으며 마주 포권했다.

"소검주의 명성은 익히 들어 알고 있소. 반갑소."

곧 청운학이 비무대를 응시하며 다시 입을 열었다.

"일단 비무대회의 우승 상품은 묵공신보요."

칠십 년 전 천하 십대 고수 묵검공의 비급이라면 비무대회의 우승 상품으로서 손색이 없을 터.

충분히 예상할 수 있는 결과였다.

"태양신검은 연무공연을 우승하는 문파에게 주어진다고 들었소."

조휘가 내심 안도했다.

내공만 짱짱한 자신의 실력으로서는 비무대회를 우승하는 것이 일단 불가능했다.

연무공연도 문파의 대표무공을 합심하여 검무(劍舞)로 펼치는 것이라 설사 남궁세가가 우승한다고 해도 자신이 소유권을 주장할 수가 없었다.

그래서 비무대회와 연무공연의 우승 상품이 묵공신보와 태양신검이라는 것은 너무나 다행인 일이었다.

조휘로서는 곧 검총에 들 테니 묵공신보는 그다지 가치가 없었고, 대충 설명을 들어 보니 태양신검은 그저 불칼에 불과했다.

열화기공과 같은 양강 계열의 내공이 없더라도 불과 화기를 내뿜게 해 주는 검인 것이다.

조급해진 조휘가 서둘러 물었다.

"만년빙정은요?"

화산의 청운학이 조휘를 물끄러미 응시했다.

"문예지론(文藝之論)의 우승자에게 주어지는 상품이외다."

"문예지론이요? 그게 뭡니까?"

제갈운이 묘한 웃음을 머금는다.

"사상을 두고 논쟁하거나 필법을 겨루든지 서화를 감평하는 등 웬만한 학문적 식견이 아니라면 우승을 엄두조차 내지 못하죠. 뭐 무인들이 가장 약한 분야랄까?"

문예지론은 언제나 제갈세가가 우승을 독점하고 있는 분야였다.

간혹 상관가(上官家)나 모용장(慕容莊)에서 뛰어난 학문의 기재가 나타나긴 했으나 제갈세가의 적수가 되진 못했다.

삼 년 전 제갈운이 소제갈의 명성을 떨친 것도 다 문예지론 덕분이었다.

제갈운이 의미심장하게 웃고 있다가 흠칫 얼굴이 굳었다.

희열과 광기, 갈망과 탐욕으로 번들거리는 조휘의 얼굴을 발견한 것이다.

가히 소름이 돋을 지경!

조휘가 매처럼 빛나는 눈으로 제갈운을 쳐다본다.

"문예지론은 어떻게 참가하는 겁니까? 언제부터 시작되죠?"

"문예지론은 비무대회처럼 형식에 구애받지 않아요. 어디에서든 학식 있는 자들끼리의 논쟁이 시작되면 그 즉시 문예지론의 시작인 거죠."

"호오…… 그렇습니까? 작년의 우승자는 혹시?"

제갈운이 고개를 끄덕인다.

"예. 저예요."

조휘의 두뇌가 맹렬히 회전하기 시작했다.

서화나 필법은 안 된다. 그림도 글씨도 연습한 적이 없었기 때문이다.

물론 한자를 쓸 줄은 알았지만 만약에 한석봉급의 명필가가 나타난다면 반드시 패배할 터.

만상조 어르신의 방대한 지식을 활용하려면 무조건 '사상' 같은 논쟁을 기반으로 하는 학문적 소양으로 밀어붙여야 한다.

"이미 벌어진 것 같네요."

제갈운이 응시하고 있는 곳.

멋들어진 학창의(鶴氅衣)의 청년이 좌중을 돌아보며 크게 소리치고 있었다.

"이 모용 모와 학문을 논할 자! 앞으로 나서 주시오!"

그는 바로 삼 년 전 아쉽게 제갈운에게 밀려 준우승에 머물러야만 했던 모용장의 모용민이었다.

촤아악!

제갈운이 화려한 봉황금선을 펼치며 희미하게 웃었다.

"과연…… 그간에 성과가 있었는지 확인하러 가 볼까요?"

모용민이 호기롭게 나서자 문사(文士) 차림의 후기지수들이 일제히 그를 둘러쌌다.

"도전하겠어요!"

모용민에게 도전한 자는 의외로 어느 한 소녀였다.

"소저?"

가볍게 놀란 얼굴로 남궁소소를 바라보고 있는 조휘.

모용민의 상대로 나선 후기지수가 다름 아닌 남궁소소였던 것이다.

"도전자에게 시제를 양보하겠소!"

남궁소소는 이미 준비라도 한 듯 거침없이 대답했다.

"한비자 선생의 오두를 논하겠어요!"

웅성웅성.

그녀가 제안한 시제에 문사들이 하나같이 동요했다.

한비자.

그는 처음으로 중원을 통일한 황제, 즉 시황제의 스승 격인 자다.

한비자가 저술한 책들을 본 시황제가 '이 사람과 함께 대업을 논할 수 있다면 죽어도 여한이 없겠다!'라고 외친 것은 유명한 일화.

문제는 한비자가 지목한 오두(五蠹), 즉 '나라를 좀먹는 다섯 가지 해충' 중에서 유가(儒家)를 지목한 것에 있었다.

쓸데없이 용모나 복장 같은 예법에 목을 매고, 인의예지 같은 군자의 가치만을 최우선의 기치로 내세우니 나라의 국력이 쇠할 수밖에 없다는 것이 한비자의 주장이었던 것.

이 사상으로 인해 유가의 역사 이래 최악의 사건인 분서갱유(焚書坑儒)가 일어났던 것이다.

한 인간의 사상이란 그토록 무서운 것이었다. 유학자들에게 있어서 진 제국은 그야말로 지옥 같은 시대.

수없이 죽어 간 유학자들, 불태워진 수만 권의 유가 서적들을 뼛속 깊이 기억하고 있는 것이다.

유사 이래 언제나 유가와 대칭점에 서 있었던 법가(法家).

이렇듯 당대의 중원 학계가 다시 유가로 일통된 이 시점에서, 남궁소소가 법가사상의 첨단에 서 있는 한비자의 오두를 꺼내 든 것이다.

그야말로 유가를 공부하는 학자들의 역린(逆鱗)을 건드린 것이나 다름없었다.

"감히 그 썩어 문드러진 법가를 다시 논하겠단 말이오?"

모용민의 증오 섞인 눈빛이 남궁소소를 향해 있었다. 주위 다른 문사들의 표정도 대동소이.

남궁소소가 오히려 활짝 웃었다.

"유가를 비판하는 데 오두만 한 것이 없잖아요?"

"뭣이?"

남궁소소는 거침이 없었다.

"이상론에 너무 집착하여 갖은 폐해를 낳은 유가의 역사를 모르는 분이 있을까요?"

제갈운이 눈살을 찌푸렸다.

한비자의 사상을 처음 접한 자들의 전형적인 특징이 남궁소소에게도 보이고 있었던 것.

특히나 제왕의 도(道)를 추구하는 것이 남궁세가의 가풍이다.

진 제국부터 한 제국까지 발전한 제왕학(帝王學)의 기초가 바로 오두를 비롯한 한비자의 저서들인 것이다.

제갈운도 못내 불편한 표정으로 그녀를 힐난했다.

"법가를 나라의 이념으로 세운 진(秦)이 불과 이십여 년도 버티지 못하고 멸망한 것은 다 이유가 있는 법이죠. 이 논쟁은 소저의 필패이니 시제를 바꾸길 권해요."

이렇든 거의 모든 문사들이 유가를 결사옹위하고 있는 분위기지만 조휘는 오히려 남궁소소 편이었다.

머릿속에서 잔잔히 울려 퍼지는 만상조 어른의 음성.

그 역시 유학자로서 법가를 비판하고 있었지만 오히려 조휘는 반발심만 생겼다.

조선의 역사를 알면 절대 유가를 옹호할 수가 없었다.

조선의 사림(士林)은 서인과 동인으로 분열되어 붕당이라는 악습을 만들어 조선조 전체를 병들게 했지만, 그 어떤 조선의 왕도 붕당의 폐해를 견제하거나 막지 못했다.

오히려 그들의 힘을 이용하여 기득권을 유지하거나 반대

파를 견제하는 데 급급했으니, 결국에는 신하들의 꼭두각시가 되어 이용당하기만 할 뿐이었다.

국운이 쇠한 조선의 말로는 그야말로 두 눈을 뜨고는 볼 수 없는 목불인견의 참상 그 자체였다.

조선의 왕과 신하들이 정쟁만을 일삼는 동안 왜는 제국을 일구어 동양권 전체를 향해 야욕을 드리우고 있었고, 결국 조선의 신하라는 작자가 왜의 신하를 자처하며 나라를 팔기에 이르렀다.

일국의 황후가 자객들에게 시해를 당하는 참혹한 굴욕을 당하고, 을사늑약으로 외교, 국방을 포함한 일국의 자주권을 모두 포기하였으며, 마침내 무능한 조선조는 순종(純宗)을 끝으로 영욕의 왕조를 마감하게 되었다.

유학은 그 긴 세월 동안 선비들의 기득권을 지키는 방패로만 쓰였을 뿐, 결코 그들이 말하는 인본사상을 실현하는 데 쓰이진 못했다.

유학의 인의예지?

사람을 노예로 만드는 것도 인의예지인가?

인류 역사상 가장 잔인한 세습 노예 제도인 노비 제도도 학문적으로 정당화시켰던 자들이 유학자들이다.

쌉선비.

예의격식을 차리는 것에만 몰두하며 본인의 가치관만 옳다고 믿는 자들을 일컫는 조소 어린 단어.

한국의 젊은이들이 괜히 아무런 이유도 없이 비아냥거리는 게 아니다.

조선의 역사를 공부한 이상 본능적으로 그 폐해를 느끼고 있는 것이다.

오히려 법가야말로 법치주의의 나라 대한민국에서 살아온 조휘에게 더 친숙한 사상.

곰곰이 만상조 어른의 음성을 듣고 있던 조휘가 드디어 좌중을 향해 입을 열었다.

"법가가 무너진 것은 그 법(法)이 오로지 민(民)을 통제하는 도구로만 쓰였기 때문입니다. 법이 평등했다면 결코 진(秦)이 몰락하지 않았을 테지요."

호기심으로 물든 제갈운의 얼굴이 조휘를 향했다.

"지위 고하를 막론하고 누구에게나 똑같이 적용되는 것, 그것이 법가의 대원칙인데 무슨 소리를 하는 거죠?"

조휘가 피식 웃었다.

"누가 그걸 모릅니까? 지켜지지 않으니 문제가 되는 거죠. 진 제국은 간통죄를 엄격히 금했습니다. 유부녀와 관계한 남자는 죽여도 되죠. 한데, 시황제가 취한 유부녀가 몇일까요?"

시황제가 연, 조, 위, 제, 한, 초 등을 차례로 멸망시키며 전리품으로 취한 각 나라의 왕후들과 귀족의 처첩들은 어마어마하다.

시황제는 그들 중 빼어난 용모를 지닌 여자들을 선별하여 처첩으로 삼았다.

만약 현대처럼 올바른 법치가 작동했다면 이들을 모두 포로로 존중해 줘거나 해방시켜 줘야 한다.

그 악랄한 나치의 히틀러도 폴란드의 황후를 강간하진 않았다.

만약 대한민국의 대통령이 다른 나라를 침공하여 그들의 퍼스트레이디나 왕비를 강제로 아내로 맞이한다면?

아마 죽을 때까지 욕을 먹거나 국제법정에 세워질 것이다.

이것이 바로 고대 중국의 법가와 현대 법치주의의 차이.

"봉선을 주관하는 천자(天子)이자 만민을 아우르는 제왕의 도(道)가 어찌 백성과 같을 수 있다 하겠소?"

모용민의 그런 대답에 조휘가 얼굴을 가득 찌푸렸다.

"여기도 썹선비 천지네."

'십선비(十土)?'

처음 들어 보는 이해 못 할 단어.

하지만 왠지 묘한 상스러움이 느껴지는 어감에 잔뜩 미간을 찌푸리고 있는 모용민이었다.

"그게 무슨 뜻이오?"

모용민의 미개(?)한 사상에 기분이 상한 것은 조휘도 마찬가지.

"유학이 내세우는 인본(人本) 사상이란 게 뭡니까? 천지간에 오직 사람의 도만이 진정한 도(道)로다. 하늘의 주재 또한 사람이 하는 것이며 우주의 중심도 오직 사람이다. 이렇듯 사람의 가치를 모든 중심에 두는 것이 아닙니까? 한데 제왕의 도와 백성의 도는 다르다? 하나는 사람이고 하나는 짐승인 겁니까?"

조휘의 입장에서는 모용민의 주장이란 스스로의 존재를 노예나 짐승으로 처박는 말이나 다름없었다.

문득 제갈운이 끼어든다.

"공자께서 이르기를, 국가를 친히 일가(一家)에 비유하셨으매, 백성의 안위를 위해 하늘에 제례를 올리는 천자께서는 천하만민의 어버이요 길잡이시니라. 천하만민은 그런 어버이의 자식이요……."

조휘가 단숨에 제갈운의 말을 잘랐다.

"그러니 유학이 비판을 받는 겁니다. 스스로 세운 사상과 가치들을 통치의 편의를 위해 왜곡하거나 편집하는 것. 야비하게 권력에 기생하는 거죠. 황제에게 헌납하는 뇌물인 겁니다. 차라리 법가는 순진하기나 하지."

유, 유학이 야비?

무려 공자(孔子)께서 하신 말씀인데?

"막말로 천자 사상이란 황제란 계급의 특별함, 그 절대성을 합리화하는 수단이잖습니까? 자, 이제 다시 묻겠습니다. 그 천자 사상과 인본 사상이 양립 가능합니까? 똑같은 유가의 사상이라 말할 수 있냐고요."

"……."

"인본 사상이 성립되려면 황제와 천하만민을 나누지 말아야 합니다. 아니면 천자와 백성이 서로 다른 종(種)이라는 것을 증명하든가요."

중원의 학사들에게 공맹의 도는 기독교인의 바이블과 같은 것이었다.

당연히 이들은 공자께서 하신 말씀을 의심해 본 적이 없었다.

이처럼 유가의 기본 가치인 인본 사상이 '천자의 도'로서 비판받을 수 있다고는 생각지도 못 해 본 것이다.

"다시 말씀드리지요. 진 제국의 법치가 망한 것은 그 법이 계급에 따라 다르게 적용되어서입니다. 그리고 이것은 너무 가혹한 형벌 위주로 법을 존속시킨 결과입니다."

모용민이 의구심을 보탰다.

"형벌 이외에 황법을 존속시킬 다른 방도가 있단 말이오?"

조휘가 당연하다는 듯 크게 고개를 끄덕였다.

"형벌은 형벌이되 그 정도가 문제죠. 아니 무슨 간통을 하면 사람을 죽입니까? 뭐 실토할 때까지 인두로 얼굴을 지져요? 거짓말을 하면 혀를 뽑아? 과연 그런 법이 평등하게 적용될 수 있겠습니까? 그러니 오직 힘없는 자들만 법에 당하죠."

조휘의 말을 현대로 접목해 보면.

과속을 하면 발목을 자른다든지, 침을 뱉으면 혀를 인두로 지진다든지 하는 그런 정도다.

이런 법을 과연 누가 지킬까?

아무도 법을 지키지 않을 것이다.

그래서 현대의 법치 체계는 그 실효성에 가장 치열한 고민을 한다.

"그래서 법은 경범죄와 중범죄로 나누고, 재물을 내놓는 징벌과 신체를 구속하는 징벌로 구분해야 합니다. 법이란 것은 실효(實效), 즉 지켜지지 않는 한 아무런 의미도 되지 못하기 때문입니다."

모든 문사들의 얼굴이 멍하게 굳어 있었다.

전혀 새로운 개념의 법가(法家).

조휘가 말하고 있는 일련의 사상은 단 한 번도 중원의 학계에 보고되지 않는 사상이었다.

잔뜩 호기심으로 물든 제갈운의 얼굴.

"죄의 경중을 나누는 기준은요?"

조휘는 거침이 없었다.

"그건 국가가 정하기 나름이겠지요. 만약 제 의견을 말하라면 저는 타인의 생명을 해치는 범죄를 중(重), 그렇지 않은 범죄를 경(輕)으로 나누겠습니다."

제갈운은 가볍게 놀라는 눈치였다.

그가 말하고 있는 것은 법가였지만, 그 중심을 관통하는 사상은 분명 인본(人本)이었기 때문이다.

"경범죄는 다시 타인의 재산에 해를 가하는 '유형의 손괴'와 타인의 명예나 인격을 해하는 '무형의 손괴'를 구분해야 합니다. 전자는 벌금(罰金)과 구금(拘禁)으로 충분한 형벌이 될 것이며 후자는……."

천천히 이어진 조휘의 강론.

공시생 경력을 이렇게 써먹는구나 싶은 조휘였지만, 최대한 이들이 문화의 충격에 휩싸이지 않도록 설득하는 어조로 자신의 철학을 이야기하고 있었다.

문제는 어떻게 말하다 보니 저도 모르게 삼천포로 빠져 현대의 민주주의 사상을 강론하기에 이른 것이다.

점점 말하면서도 이상함을 느낄 수 있었던 것이 자신을 둘러싼 모든 문사들의 얼굴이 충격으로 굳어져 있는 것을 발견했기 때문이었다.

"……이쯤 하겠습니다."

뻘쭘한 표정으로 한 발자국 뒤로 물러나는 조휘.

아무도 입을 여는 자가 없었다.

그만큼 조휘의 철학과 사상은 너무 급진적이고 위험했다.

하지만 그들 모두의 가슴에 기이한 불씨가 타오르고 있었다.

중원 학계의 그 어떤 학풍(學風)으로도 해석되지 않는 독특한 시각.

마치 이 시대의 사람이 아닌 것 같은 착각마저 느껴질 정도였다.

"천하의 만민이 국가의 주체라……."

지금까지 모든 왕들은 백성들이 진정한 나라의 주인이니, 천하만민이 근본이니 하는 말을 잘도 해 왔다.

하지만 그것은 다스리기 위한 명분에 그칠 뿐.

이렇게 체계적인 법치로 천하만민의 도를 논한 사상가는 지금까지 단 한 명도 존재하지 않았다.

침묵을 가장 먼저 깬 것은 제갈운이었다.

"다른 건 몰라도 그 참정권만큼은 쉽게 이해가 되지 않는군요. 천하만민에게 왕을 세우는 권력을 주어 국가를 통제한다는 것은 너무 위험해요."

조휘가 제갈운을 응시했다.

"왜입니까?"

"학문은커녕 글자도 모르는 까막눈의 백성들이 태반인데 그들에게 무슨 정치적 사상이나 철학이 있다고 국가의 중대사를 맡길 수 있다는 거죠?"

아, 드디어 나왔다. 선민사상.

조휘가 짜증스런 투로 대답한다.

"학자로서, 또 식자(識者)로서의 자부심까지는 괜찮습니다. 하지만 천하의 모든 백성들을 어리석다 여기는 것은 오만입니다. 자신의 생각을 말이나 글자로 표현하지 못한다 하여 한 사람의 철학이 사라지는 것은 아니지요."

"음……."

"시골의 무지렁이도 부모를 위하는 효(孝)를 알고, 처자식을 지키는 애(愛)를 알며, 도적과 맞서 싸우는 협(俠)을, 함께 일한 이웃과 곡식을 나누는 인(仁)을 압니다. 과연 이 무지렁이를 공맹(孔孟)의 도도 모르는 무식한 자라고 감히 말할 수 있겠습니까? 자신도 모르게 백성들을 우매하다 여기고 계몽시켜야할 대상으로 바라보는 관점이야말로 학자로서 가장 경계해야할 독(毒)입니다."

와씨.

내가 말하고도 겁나 멋있다.

현대뽕을 치사량까지 처맞은 조휘의 얼굴에는 뿌듯함이 가득.

반면 질문한 제갈운은 핵이라도 맞은 양 꿀멍.

이미 조휘의 일장연설 도중 몇몇 문사들이 치열하게 질문을 해 댔었다.

하지만 천하의 소제갈 제갈운마저 처참하게 질 것이라고는 생각지 못한 그들이었다.

또 한 번 조휘의 일장훈계(?)를 들은 문사들은 자신의 모든 것이 벌거벗겨진 기분마저 들었다.

어떤 사상과 철학으로도 반박할 수 없는 견고한 명분과 논리.

그 무너지지 않는 성(城), 그 민주(民主)라는 이름 앞에 한없이 초라해졌다.

긴 침묵을 깬 이는 모용민이었다.

"이익! 피, 필법! 당신과 필법을 겨루고 싶소!"

그가 마치 '문사라면 필법이지!'라는 표정으로 연적과 붓을 꺼내 들자.

'좆 됐다!'

금세 사색으로 굳어 버리는 조휘다.

내 냉장고를 정말 이렇게 보내야만 하는 건가?

사라져 가는 찬물의 꿈!

내 현대의 친구 차가움이여…….

-비켜라!

비, 비켜 드리겠습니다!

당연히 비켜 드려야죠!

조가의 후손이 당하는 걸 손 놓고 볼 수만은 없었던 만상조가 드디어 조휘의 몸에 현신한 것이다.

"그래, 무엇을 적고 싶소?"

말투까지 오만하게 바뀐 조휘다.

이를 꽈득 깨문 모용민이 뭐라 시제를 말하려는 찰나.

"저도 함께 필법을 겨루겠습니다. 시제는 시경(詩經)의 대아(大雅) 첫 편, 문왕지십(文王之什)으로 하죠."

곧바로 제갈운이 참여 의사를 밝힌다.

"문왕지십이라……."

희미한 미소를 머금은 얼굴로 고요히 눈을 감는 만상조.

필법의 기본은 화자의 감정, 그 작자의 세계를 정갈히 마음에 새기는 것부터가 먼저다.

어느덧 눈을 뜬 만상조.

"문방사보를 빌릴 수 있겠소?"

제갈운이 자신의 곁에서 시립해 있던 시종을 불렀다.

"가져와 주세요."

"예. 공자님."

곧 어딘가를 다녀온 제갈운의 시종이 공손히 예를 다해 문방사보를 만상조에게 가져다주었다.

"고맙소."

만상조는 곧바로 그 자리에 정좌하여 먹을 갈았다.

함께 자리에 앉으려던 제갈운이 그 모습을 발견하고서 우두커니 멈춰 섰다.

'아⋯⋯.'

문사(文士)란 무엇인가?

정갈하고 품위 어린 몸짓으로 먹을 가는 그의 모습에서 어떤 고절한 기상이 느껴진다.

그것은 가히 문사의 혼(魂).

그 기백에 압도당하는 느낌이다.

그 모습을 지켜보는 다른 이들이 느끼는 감상도 별다를 것이 없었다.

그에게서 도대체 어떤 글씨가 나올까?

제갈운과 모용민, 남궁장호, 심지어 청뇌(淸腦) 장일룡까지 숨을 죽인다.

본디 무인이란 기도와 기백에 가장 민감한 터.

곧 만상조의 일필휘지(一筆揮之)가 펼쳐졌다.

아무도 말을 할 수가 없었다.

"……아아아아!"

누군가 탄성을 지르자 모두의 벼락같은 시선이 그에게 짓쳐 든다.

기겁을 하며 입을 다무는 문사.

이 고절한 경지, 그 필법의 예술을 방해하는 것은 문사로서 실격이다.

이런 장엄한 장면을 눈앞에서 목격한 것 그 자체만으로 그저 감읍할 따름.

누구든 말은 쉽게 한다.

필법이란 하나의 위대한 예술이라고.

문자에 생명을 불어넣어 보는 이로 하여금 감정을 느끼게 만드는 것.

그것이 바로 필법을 닦는 문사로서 일생을 건 궁극의 예(藝).

저 글자들을 보라!

주나라, 그 영광의 왕조를 향한 농도 짙은 찬가가 펼쳐진다.

그 농밀한 찬미, 그 열락의 감정들이 모든 필체에서 생생히 전달된다.

문사의 일생을 살며 저런 처절한 문자의 예술을 언제 다시
볼 수 있을까?

북받치는 그 감정에 어떤 이는 눈물을 훔쳤고, 어떤 이는
탄식을 터뜨렸다.

필법만으로 보는 이로 하여금 만(萬) 가지 생각(想)을 하게
만드는 자.

중원 유학계의 별이었던 만상조(萬想曹), 그 신화를 앞에
두고서 그 누구도 쉽게 입을 열지 못했다.

'이건 도대체……'

이 모든 광경을 뜬 눈으로 지켜보고도 제갈운은 도저히 현
실로 받아들일 수가 없었다.

이런 문예(文藝)의 경지가 약관의 나이로 가능한 것인가?

무엇보다 약관인 자신이 가장 잘 알고 있었다.

불가능하다.

아장아장 걷기 시작했을 때부터 천재라 불린 자신이었다.

그런 자신도 결코 허투루 살지 않았다.

그런데 저런 것은 처음 본다.

흉내조차 힘들 정도.

수십 년간 혼을 닦듯 필법에 매진한들 저런 경지가 나올 수
있을까?

그것도 장담할 수 없다.

곧 제갈운의 두 어깨가 축 처졌다.

"……졌어요."

문예지론을 지켜보고 있던 모든 이들의 시선이 제갈운에게 꽂혔다.

저 제갈운이?

먹 한 번 갈아 보지 않고 패배를 시인하다니!

모용민도 마찬가지였다.

"졌소. 귀하의 존성대명이 어찌 되시오?"

모용민의 경이에 찬 눈빛이 조휘를 향하고 있었다.

모든 필법을 마친 후 만상조 어르신이 혈옥으로 돌아가자 조휘의 얼굴이 희열로 번들거리고 있었다.

"흐흐! 냉장고!"

모용민이 탄복 어린 어조로 정중하게 포권한다.

"냉장고 소협. 내 오늘 개안(開眼)을 경험했소. 하늘 위에 진정한 하늘이 있음을 깨닫게 해 주셨소이다."

조휘가 황급히 손사래를 쳤다.

"아, 냉장고가 아니라 제 이름은 조휘입니다."

"아? 알겠소. 조휘 소협."

이때까지만 해도 조휘는 알지 못했다.

자신이 중원 유학계에 어떤 혁명적 파문을 일으켰는지를.

십 년 후, 중원 유학계를 격동으로 몰아갈 민주사상(民主思想), 그 처절한 논쟁의 발원지가 바로 이곳 화산이었다.

조휘는 아무것도 모른 채 눈을 희번덕거리며 냉장고만 읊어 대고 있을 뿐이었다.

언제나 강맹하게 용트림 치던 기해혈.

그 막강한 자하신공의 기운이 모조리 사라지고 없었다.

한데 이상하게도 청운소의 얼굴은 무덤덤했다.

사람이 너무 충격을 받으면 화도 눈물도 나지 않는 법이다.

'……'

멍하니 허공을 응시하는 청운소.

그의 얼굴에서 느껴지는 감정은 분노보다는 의구심.

도저히 믿을 수 없는 경지의 무인이었다.

그 가공할 무력, 그 엄청난 기도 앞에서 아무것도 할 수 없었다.

그 무력감이란 필설로는 도저히 형용할 수 없을 정도.

"일어났느냐?"

"……사부님."

청운소가 힘겹게 자리에서 일어나 사부인 단천양을 맞았다.

단천양이 도포를 여미며 고아하게 앉고는 아련하고 슬픈 눈으로 제자를 바라본다.

"몸은 좀 괜찮으냐?"

"예."

무뚝뚝한 얼굴의 청운소.

제자의 몸이 괜찮을 리가 없었다.

자하신공, 그 역천기공의 기반이었던 모든 기혈이 파괴되었다.

일평생 닦아 온 내공이 모조리 사라졌을 것이다.

한데 장하게도 사부가 걱정할까 봐 내색조차 하지 않는다.

주르륵.

감정 없이 흘러내리는 이유 모를 눈물.

"아……."

그런 자신의 모습을 감추기 위해 황급히 사부의 얼굴을 외면하는 청운소.

단천양은 침상에 다가가 오히려 제자의 얼굴을 양손으로 잡아 자신의 시선과 맞추었다.

"……참을 것 없느니."

사부님도 입술을 짓씹으며 감정을 억누르고 계신다.

그제야 둑을 열고 터져 나오는 감정의 폭포.

"흐흐흑…… 사부님……!"

진신내공을 모두 잃어버린 무인의 심정을 어찌 모르겠는가.

단천양이 제자의 등을, 그 슬픔을 어루만진다.

"이 사부가 다시 채워 줄 것이다."

이 한마디로 얻을 수 있는 것은 고작 위로 따위가 아니었다.

믿음.

언제나 그랬듯 청운소는 사부를 믿었다.

청운소는 눈물을 닦으며 다시 사부를 응시했다.

"……남궁의 검이 아니었습니다."

묵묵히 고개를 끄덕이는 단천양.

하지만 이내 그의 얼굴이 단호해졌다.

"그가 누군지 궁금해하지도 말거라. 복수심은 더더욱 안 된다. 힘들겠지만 모든 것을 그저 잊어야 하느니."

청운소의 두 눈에 의문이 가득 담긴다.

"제자, 뼈를 깎고 살을 도려내듯 정진하여 반드시……."

단천양이 가타부타 말도 없이 의념을 일으켰다.

우우웅-

갑자기 허공에 맺힌 한 자루의 자홍색 광검(光劒).

그 광경을 지켜보던 청운소가 경악했다.

"설마…… 의형검(意形劍)? 심검지도를 이루신 겁니까?"

경이에 찬 제자의 얼굴을 그저 담담하게 지켜보는 단천양.

"네 짐작대로니라."

청운소가 은은하게 풍겨 오는 암향을 맡으며 더욱 놀란다.

"아, 암향매화!"

그렇게 청운소는 화산의 전설, 그 위대함을 목도하며 경탄하고 있었다.

하지만 곧이어 들려오는 사부의 음성보다 더 놀랄 수는 없었다.

"이런 내가 그의 일검(一劍)조차 감당할 자신이 없느니."

찢어져라 부릅떠진 청운소의 두 눈.

천년 화산의 전설 암향매화.

이를 이뤘다는 것은 천하제일을 넘어 강호의 역사에 이름을 올렸다는 의미다.

그런 사부님께서 일검을 감당할 자신이 없다?

"그는 인외(人外)의 존재, 사특한 감정을 결코 그에게 쏟지 말거라."

멍하니 굳어져 버린 청운소.

그로서는 아무런 말도 할 수 없었다.

◆ ◇ ◆

쾅!

거칠게 주먹으로 탁자를 내려찍는 남궁장호.

"……기권?"

황당한 것은 제갈운도 마찬가지였는지 연신 고개를 갸웃거렸다.

"그렇다네요. 그 화산소룡이……."

화산소룡이 돌연 비무대회를 기권한다는 소식을 전해 온 것.

곁에 있던 팽각도 이를 뿌드득 갈았다.

"치사하게 도망가는 거냐!"

조휘가 가늘게 한숨을 쉬며 이들의 동요를 지켜보고 있었다.

검신이 검신해 버렸는데!

당연히 멘탈이 갈려 나갈 수밖에!

측은한 심정으로 청운소가 묵고 있는 수련당을 응시하는 조휘.

"어?"

휘둥그레진 조휘의 두 눈.

청운소, 그가 이곳 오대세가의 막사를 향해 걸어오고 있었다.

그가 검신 어른의 무형검기 세례를 받아 피투성이가 되어 쓰러진 것은 불과 이틀 전.

'회복이 빠르네?'

과연 육대신룡!

조휘가 조금은 양심의 가책을 덜어 낸 양 홀가분한 표정을 짓고 있었다.

남궁장호도 그를 발견한 듯 벌떡 일어나 무거운 분위기를 흘리고 있었다.

어느새 도착한 청운소가 예를 담아 정중하게 포권한다.

"개인적인 사정으로 비무대회를 포기하게 되었습니다. 양해 부탁드립니다."

남궁장호가 진득한 눈빛을 풀지 않으며 말했다.

"무슨 대단한 사정이길래 소룡대연회를 포기한단 말이오?"

남궁장호의 목표가 비무대회의 우승이었다면 청운소의 기권은 달가운 일일 것이다.

하지만 그의 목표는 비무대회의 우승 따위가 아니었다.

묵공신보?

가문의 독문검공 제왕검형을 익히고 있는 마당에 그것도 의미가 되진 못했다.

그에게는 오로지 눈앞의 이 사내가 처절한 수련의 원동력이자 삶의 목표였다.

청운소가 그걸 모르겠는가?

호적수가 사라지는 기분이 어떤 건지 자신이 누구보다 잘 알고 있었다.

청운소는 솔직해지기로 했다.

그것이 남궁장호를 향한 예의.

"……제 무공에 조금 문제가 생겼습니다."

무겁게 기세를 흘리던 남궁장호가 돌연 걱정스러운 얼굴을 했다.

"입마(入魔)란 말이오?"

청운소가 쓰게 웃었다.

"그 정도는 아닙니다."

"음. 다행이오."

호적수를 향한 강렬한 투쟁심과는 별개로, 같은 무인으로서 그 안위를 살피는 마음이 과연 정도명가.

"저 역시 얼마나 오늘을 기다려 왔는지 모릅니다. 결코 피하는 것이 아니니 노여움을 푸십시오. 후일 소검주의 검을 피하는 일은 결코 없을 것입니다."

남궁장호가 묵묵하게 고개를 끄덕였다.

어딘가 모르게 달라져 있는 청운소.

약간은 오만이 섞여 있었던 말투도 공손하게 변해 있었고 행색도 훨씬 부드러웠다.

"그럼……."

그렇게 청운소가 정중하게 포권을 하며 막사를 나가려는 찰나.

턱.

어깨를 걸치는 누군가의 손.

청운소에게 어깨동무를 시전(?)한 사람은 다름 아닌 조휘
였다.

"살다 보면 이런 일도 저런 일도 있는 법. 마음 단단히 먹어
야 합니다."

검신 어른에게 당한(?) 것이 측은했는지 애써 위로해 주는
조휘였다.

순간, 자라처럼 몸을 움츠리며 그대로 주저앉아 버리는 청
운소.

"저, 저리 비키십시오!"

마치 일진을 만난 빵셔틀마냥 연신 눈알을 굴리는 것이, 못
내 불안하고 두려워하는 태가 역력했다.

"아니, 사람이 호의를 가지고 이야기를 하는데⋯⋯."

"가, 가까이 오지 마!"

사부님께서 분명 인외의 존재라고 하셨다.

그렇다면 선인(仙人), 그도 아니면 산신(山神)이란 소린데
엮여 봐야 결코 좋을 일이 없는 것이다.

괜히 노여움을 산다면 또다시 마(魔) 운운하며 자신을 피
떡으로 만들 것 아닌가?

그 광경을 지켜보던 오대세가의 후기지수들은 모두 황당
한 얼굴을 하고 있었다.

화산소룡이 누구인가?

강호의 후기지수들을 대표하는 육대신룡. 그중에서도 최

강의 용(龍)이다.

대화산의 장문제자이며 자타가 공인하는 미래의 검성(劍聖)인 것이다.

그 대단한 자하검성 앞에서도 당당했던 사내가 저리도 누군가를 두려워하다니!

모두 조휘를 파락호 보듯 응시한다.

"또 무슨 짓을 한 거죠? 또 무슨 엄청난 짓을 하고 다녔길래 청 소협이 저러는 겁니까?"

제갈운의 잔뜩 미심쩍은 표정.

조휘가 식겁하며 손사래를 친다.

"아니, 내가 뭘 어쨌다고 허구한 날 사고만 치고 다니는 사람처럼 이야기하십니까? 진짜 섭섭합니다."

괜히 찔리는 듯한 그의 행동이 더욱 미심쩍다.

"아닌데…… 분명 뭔가 있는데……."

눈치 없이 팽각이 끼어든다.

"거 딱 보니 으슥한 곳에 끌고 가서 한 칼 먹였구만 뭘."

아니 화산소룡이 누군데 으슥한 곳으로 끌려가 두들겨 맞냐고!

내가 아니라 검신 어른이 한 거라고!

'임금님 귀는 당나귀 귀'를 외쳤던 복두장의 심정이 바로 이러했을까?

진실의 목소리가 목구멍까지 차올랐지만, 말한다고 해서

153

과연 믿어 줄지도 의문이다.

그런 조휘를 바라보는 남궁장호의 눈빛은 복잡했다.

그야말로 모든 것이 불가사의한 사내였다.

창천검선을 논검으로 꺾는 무학의 천재.

합비 제일의 예인(藝人) 남궁소소를 경탄하게 만드는 악예의 대가.

신기제갈의 소제갈마저 굴복시킨 산법의 귀재.

쟁쟁한 문사들의 마음을 단숨에 휘어잡는 대사상가.

한낱 문자에 화자의 감정까지 담아내는 필법의 명인.

남궁장호로서는 도대체 무엇이 그의 진면목인지 알 수가 없었다.

한 분야의 정점에 선다는 것은 평생 재주를 갈고닦는다 한들 힘든 일이다.

과연 저 모든 것들이 한 인간의 일생(一生)으로 가능하단 말인가?

자신이 마주하고 있는 이 사내는 어쩌면 역사에 남을 대천재일지도 몰랐다.

조휘는 해명을 포기한 채 후- 하고 한숨을 쉬었다.

애초의 목적이었던 화산의 정취도 맛보았고, 뜻하지 않게 만년빙정도 얻었으니 이젠 정말로 때가 되었다.

조휘가 자리에서 일어나 정중히 포권한다.

"이제 저는 이만 하산하겠습니다."

제갈운이 황당해했다.

"갑자기?"

아니 무슨 제일 흥미진진한 비무대회는 아직 시작도 안 했는데 벌써 가겠다고?

먼발치에서나마 이 비무대회를 지켜보려고 중원 전역에서 몰려온 사람들이 얼마나 많은데!

평소 조휘의 진정한 무공 실력을 궁금해했던 남궁장호가 가장 조급해졌다.

화산소룡과의 승부도 날아간 마당에 조휘라도 붙잡아야 했던 것!

"설마 나와의 승부가 두려워서 피하는 것이오?"

비릿하게 웃고 있는 남궁장호.

무인이라면, 그리고 사내라면 자존심을 긁는 이런 도발에 반응하지 않을 수가 없다.

"무려 남궁세가의 소검주인데 당연히 피해야죠. 제가 미쳤습니까? 소검주와 싸우게?"

어?

이런 그림이 아닌데?

남궁장호가 황당해하며 다시 입을 열었다. 이번에는 작전을 바꿔 설득이었다.

"조 소협. 비무대회를 견식하는 것만으로도 아주 큰 공부가 된다오. 이렇게 명문대파의 제자들이 한꺼번에 모이는 자

155

리는 결코 흔치 않소. 더욱이 우리 연배는 다음 소룡대연회에 참가하는 것이 불가능하지 않소?"

조휘는 남궁장호의 간절한 목소리를 듣는 둥 마는 둥 하며, 탁자에 턱을 괸 채 졸고 있는 장일룡에게 다가갔다.

드르렁 코를 골며 커다란 침방울을 툭툭 떨어뜨리는 것이 과연 산적 중의 산적!

크으!

우리 직원 자는 모습도 남자답네!

곧 합비의 돈을 갈퀴 채로 끌어모을 '그 사업'에서 가장 중요한 역할을 담당해 줄 우리 직원!

"장 과장님?"

장일룡이 자신을 흔들어 깨우는 조휘를 인상을 찌푸리며 쳐다본다.

"……으음. 형님? 장 과장? 그게 뭐요?"

조휘가 짐짓 무게를 잡았다.

"어허! 저와 사업을 같이하기로 하셨잖습니까? 서명을 하셨다면 근로계약서는 기본적으로 숙지하셔야죠."

그제야 앞섶을 풀어헤쳐 계약서를 꺼내 확인해 보는 장일룡.

계약서에는 '직급 과장'이라고 정확히 명시되어 있었다.

"오! 직급? 계급 같은 거요?"

"맞습니다! 바로 그겁니다! 성과가 좋으면 계급이 올라가죠! 계급이 오르면? 월봉도 오른단 말씀!"

"우오!"

과연 자신의 업무가 뭔 줄 안다면 저렇게 헤벌쭉 웃을 수 있을까?

조휘가 목소리를 낮추며 그의 귓가에 속삭였다.

"제가 언제 합비로 갈지는 모르겠습니다. 일단 남궁세가에 자리 잡고 계시죠. 서찰을 보낼 테니 확인하는 즉시 지정 장소로 오시면 됩니다."

"알겠수! 형님!"

"어허! 사.장.님! 사장님 해 보시죠."

장일룡이 잔뜩 호기심 오른 얼굴로 대답한다.

"사장님?"

그제야 흐뭇한 얼굴로 엄지를 척 하고 치켜세우는 조휘.

자신이 지옥의 아가리로 향하고 있는지도 모른 채 방실방실 웃고 있는 장일룡.

마침내 조휘가 남궁장호에게 정중하게 포권했다.

"일행에 참여하게 해 주셔서 감사합니다. 그동안 많은 공부가 되었습니다."

남궁장호가 아쉽다는 듯한 얼굴로 마주 포권했다.

"정 마음을 정하셨다면 어쩔 수 없는 노릇이지. 후일 합비에서 뵙겠소. 그런데 만년빙정은 어떻게 하려고 그러시오?"

그제야 조휘는 아차 하는 얼굴을 했다.

검총을 향한 조급한 마음에 가장 중요한 것을 잊고 있었던 것.

자신이 문예지론의 우승자로 결정이 난 상황이지만 상품의 지급은 다른 모든 분야의 우승자도 모두 가려져야 함께 지급된다.

그 크고 무거운 만년빙정을 지닌 채 검총에 갈 수는 없는 노릇.

무엇보다 조휘는 모든 목적을 완수한 마당에 소룡대연회가 끝날 때까지 기다리기가 싫었다.

"죄송하지만 저 대신 수령하여 남궁세가가 보관해 줄 수 있겠습니까?"

"으음……."

남궁장호가 잠시 생각하는 듯하더니 묵묵히 고개를 끄덕였다.

"알겠소. 허나 조휘 소협의 상품을 대신 수령하려면 공증인이 있어야 하오."

"제가 하죠."

묘한 웃음을 지으며 나서 준 사람은 제갈운.

조휘가 환해진 얼굴로 제갈운에게도 포권했다.

"고맙습니다."

검총을 향하는 발걸음이 한결 가벼워진 조휘였다.

섬서, 감천현(甘泉縣).

털썩 주저앉아 고즈넉한 평야를 바라보며 땀방울을 훔치던 조휘가 문득 검신 어른을 불러 본다.

'검신 어르신?'

사흘 동안 쉼 없이 걸어오면서 몇 번이나 불러 봤지만 검신 어른은 단 한 번도 대답이 없었다.

"아놔……."

막막하다.

이곳 감천현 어딘가에 검총이 있다고만 전해 들은 상황이다.

계속 이렇게 검신 어른이 모른 척한다면 지금까지의 모든 여정이 헛발질로 그칠 터.

그렇게 조휘가 암담한 심정으로 주변을 둘러보고 있을 때 뒤편에서 인기척이 느껴졌다.

"이빨지존 왔는가."

잔뜩 내려깔린 목소리에 조휘가 기겁을 하며 벌떡 일어나 뒤를 돌아본다.

그가 곧 고개를 갸웃거렸다.

'음?'

장사꾼, 농부, 점소이 등 갖은 행색을 한 거한들이 하나같이 음침하고 진득한 미소를 빛내고 있었다.

'가만, 이 새끼들은?'

이 귀여운 병신들은 뭐지?

하나같이 헬스장 주인 같은 엄청난 몸들을 하고서 지금 저걸 변장이라고 한 건가?

조휘가 실소를 머금으며 그들을 바라본다.

"……적응질풍대?"

흠칫!

'대체 어떻게 알았지?'라는 듯한 표정의 대원들.

가슴근육이라도 좀 가리고 오든가 이 새끼들아.

대원 중 하나가 거칠게 인피면구를 벗어 재끼더니 찍 하고 침을 뱉는다.

"씨벌 놈의 새끼. 일단 조겨!"

분명 며칠 전만 해도 근엄 진지 빨던 놈들이 갑자기 무근본으로 나오니 황당하기 짝이 없는 조휘였지만 일단 살고 볼 일이다.

"잠깐!"

"저 새끼 입부터 막아! 입 털기 시작하면 골치 아프다!"

한낱 세 치 혀로 녹림대왕의 대제자를 '정파인'으로 만들어 버린 놈이다.

또 무슨 달달한 달변을 늘어놓을지 모르니 일단 입부터 막는 것이 급선무!

"아니 갑자기 왜 이래 이 양반들이?"

"닥쳐 이 새끼야!"

빠악!

주먹과 주먹이 맞부딪힌 소리치고는 상당히 찰지다.

뻐근한 듯 주먹을 털어 내던 사내가 눈을 부라렸다.

"이 호래자식 공력 보소? 꼴에 한 수는 가지고 있었다 이거냐, 이 좆같은 새끼야? 하여튼 정파 새끼들 음침한 건 알아줘야 해 씨버럴 놈들!"

거친 상욕을 연신 해 대고 있었지만 조휘를 경계하는 눈빛이 역력하다.

삼십 년이 넘도록 강호를 주유하며 온갖 산전수전을 다 겪은 그에게도 결코 만만한 공력이 아니었던 것.

곧 그의 눈짓을 받은 대원들이 하이에나처럼 조휘를 감싸자.

조휘가 고통스럽게 주먹을 어루만지며 이를 으득 갈았다.

와나, 이 새끼들 태세 전환 오지네?

오대세가 형님들 잔뜩 있을 때는 씹선비처럼 하오체 쓰더니 이제 나 혼자 있다고 욕 겁나 찰지다?

여러분! 이게 바로 무근본 흑도사파 산적 새끼들입니다!

그렇게 열이 뻗치는 와중에서도 조휘는 암담하기만 했다.

비록 강건해진 육체와 그럴싸한 내공을 검신 어르신으로부터 받았지만 단 한 번도 제대로 무공을 익힌 적이 없었다.

하지만 조휘가 누군가?

기이한 눈빛으로 잠시 작전 구상(?)을 마친 그가 곧 거친 음성을 토해 냈다.

"씻팔! 나 한 놈 족치겠다고 도대체 몇 명이냐 너네? 이러고도 니들이 사내새끼냐?"

찔렸는지 흠칫 한 발자국 뒤로 물러나는 점소이 대원.

이때다 싶은 조휘가 성큼 앞으로 나가며 다시 입을 열었다.

"누가 무식한 산적 새끼들 아니랄까 봐 일단 다구리부터 까고 시작하냐? 이러지 말고 원하는 게 뭔지 먼저 이야기를 해 보라니까?"

"뭐 이 새끼야?"

곁에 있던 농부 대원이 낫을 들고 눈을 부라리고 있을 때 뒤에서 묵직한 음성이 들려왔다.

"그만."

슬며시 앞으로 나오는 예의 거한.

이에 조휘가 소름 돋은 얼굴로 기겁하며 뒤로 물러섰다.

와씨!

지금 그거 기생 분장인 거냐 설마?

곧 그가 가발과 인피면구를 벗고 얼굴을 드러냈다.

조휘의 얼굴에 황당함이 서린다.

'적응질풍대주?'

설마 이 기생(?)이 협곡에서 엄청난 기도를 뿜어대던 그 대주란 말인가?

"다시 보는군."

굵직하고 사내다운 대주의 목소리에 조휘는 또다시 등줄기에 소름이 좌르르 돋아났다.

후 제발 그 저고리부터 좀 벗고 이야기하시죠.

그 무성한 다리털은 또 어떡할 거요.

"왜 그런 표정을 짓는 건가?"

조휘의 얼굴에 또다시 황당함이 서렸다.

저 몰골로 문제의식조차 느끼지 못하는 것을 보면 답은 딱 하나다.

부하란 놈들이 완벽한 변장이라며 엄치 척 치켜세워 줬겠지. 물론 뒤에선 지들끼리 키득거렸을 테고.

불쌍한 듯 측은하게 대주를 응시하던 조휘가 한숨을 쉬며 입을 열었다.

"후, 뱃심이 제법이군요. 지금 이 섬서에는 정파무인들이 쫙 깔려 있는데."

대주 강만호가 가소롭다는 듯 씨익 웃었다.

"비무대회가 한창인 화산까지는 여기서 백 리가 넘지. 네 놈이 아무리 소리를 질러 봐야 닿지 않을 거리다."

와! 이 산적 새끼들!

어찌 이리도 무식할 수가 있냐?

"안휘성 밖으로 나온 적이 한두 번밖에 없는 제가 강호인들과의 원한을 살 만한 접점이라고는 당신들밖에 없는데요?"

조휘가 품에서 창천검패를 꺼내 내민다.

"안 보여요? 이래 봬도 저는 남궁세가의 빈객이자 창천검패의 주인입니다만?"

"그게 뭐?"

조휘가 발악하듯 외친다.

"아오! 씨! 생각을 좀 하고 삽시다! 당장 내 신변에 문제가 생기면 그 명예로운 남궁세가가 가만히 있겠습니까?"

그제야 돌아가는 상황을 이해한 듯 강만호 대주의 미간에 내 천(川) 자가 그려졌다.

하지만 그는 조휘의 생각보다 더욱 단순 무식했다.

"갈기갈기 찢어서 산천에 던져 놓으면 알아서 산짐승들이 만찬을 즐길 것 같다만."

으 잔인한 흑도사파 새끼들.

사람을 찢어 죽여 증거를 없앤단 소리가 저리도 자연스럽냐!

"아니, 나 하나 죽인다고 무슨 문제가 해결되는데요?"

흠칫.

거기까지는 미처 생각해 보지 않은 강만호 대주.

그저 모든 일의 원흉인 저놈이 뜬금포로 오대세가의 무리와 떨어지자 부리나케 추적해 온 것뿐이다.

"거 보아하니 남궁세가로 투신한 장일룡 소협 때문에 이러시는 것 같은데, 이런 방법으로는 전혀 문제를 해결할 수 없습니다."

그때 농부 대원의 성난 목소리가 들려왔다.

"대주! 계속 입 털게 놔둘 겁니까? 저 새끼 입심에 휘말리면 안……!"

띵!

갑작스럽게 발치께에 떨어진 은자!

화색의 얼굴로 매처럼 낚아채는 농부 대원!

이에 험상궂게 변한 대원들의 얼굴이 모두 그에게로 향했다.

그걸 또 줍냐 이 새끼야?

전낭에 손을 넣은 채 다음 은자를 매만지던 조휘가 가소롭다는 듯한 표정을 짓는다.

후후!

이게 바로 전두엽까지 물욕(物慾)으로 찰랑거리는 산적 새끼들의 한계지!

"이 개새끼! 개수작 부리지……!"

띵!

어딘지 모르게 어색하게 웃고 있는 점소이 대원.

그 역시 어김없이 반짝거리는 은자를 손에 들고 있었다.

은자만 보면 눈부터 회까닥 뒤집어지는 것이 산적의 근본이다.

이미 타락한 물욕이 영혼에까지 아로새겨진 그들로서는 도무지 조휘의 은자 세례를 감당할 수가 없는 것이다.

"이 새끼들이? 그리고도 네놈들이 녹림의 위풍당당한 적웅질풍대냐?"

한껏 대원들을 꾸짖어 보는 강만호 대주였지만 이미 그의 눈앞에도 싯누런 금덩이가 반짝거리고 있었다.

'그, 금화?'

조휘가 내밀고 있는 것은 틀림없이 은자 열 덩이의 가치를 지닌 금화.

감히 대산(大山) 제일의 위맹한 산적이자 이 적웅질풍대의 대주님에게 금화 따위를 내밀…… 가, 갖고 싶다!

찢어져라 깨문 입술로 필사적으로 참아 보지만 그 역시 물욕이 DNA에까지 새겨진 산적!

텁!

흡족한 얼굴로 금화를 받아 든 강만호 대주가 애써 체면을 차리며 묻는다.

"흠…… 원하는 게 뭔가?"

무표정한 얼굴로 대답하는 조휘.

"가지고 있는 은자를 모두 드릴 테니 살려만 주십시오."

그렇게 조휘가 상인의 제일 덕목인 등가교환의 법칙을 온몸으로 실천하고 있었다.

"금화면 살려 드려야지."

"대주! 제 몫도?"

어느덧 하나둘 무기를 버리고 다가온 대원들이 조휘를 빙

둘러싸고는 그의 전낭을 찢을 듯이 응시한다.

번들거리는 탐욕의 광기!

내심 조휘가 이를 뿌득 갈았다.

싯팔! 무슨 여기가 산도 아닌데 산적 새끼들한테 삥을 뜯기다니!

니들 업계는 상도도 없냐!

곧 조휘가 불자(佛者)의 심정으로 보시하듯 전낭을 내놓았다.

"우와! 금자가 몇 개야?"

"이 새끼 이거 부자네?"

연신 헤벌쭉 웃어 대며 전낭을 살펴보는 대원들.

부들부들 떨리는 마음, 가슴 속 깊은 곳으로부터 치미는 분노가 극에 달했지만 조휘는 억지로 참을 인(忍) 자를 머릿속에 그렸다.

뭔가 허술하긴 하다만 그래도 녹림 제일의 무력 집단이다.

저 새끼들이 수틀리는 날에는 자신의 목숨이 열 개라도 남아나지 않을 것이다.

일단 이 위험을 벗어나 후일을 도모하는 것이 상책!

공자께서 춘추(春秋)에 이르기를, 군자의 복수는 십 년이 지나도 늦지 않다(君子報仇 十年不晩)고 하셨다.

문득 조휘가 실소를 머금는다.

유가의 공자를 신랄하게 깐 게 불과 사흘 전인데, 하필 이 순간에 공자의 명언이 떠오르다니?

이렇게 한 치 앞도 예측하지 못하는 것이 돌고 도는 인생사.

그 순간, 갑작스럽게 검신 어른의 목소리가 들려왔다.

-그것이 너의 진심이었느냐?

늘 당당하고 고상했던 평소와는 다르게 왠지 모를 음울함
이 느껴진다.

'예? 갑자기 무슨 말씀이신지?'

대답을 한 지 한참이 지나도 검신 어른의 음성은 들려오지
않았다.

조휘가 떠들썩하게 만찬을 즐기는 하이에나들을 응시했다.

"이제 저 가도 되죠?"

대원들은 돌아보지도 않고 손만 휘휘 저었다.

"응. 꺼져."

"다신 마주치지 말자."

또다시 부들부들 온몸이 떨려 왔지만 조휘는 애써 외면하
고서 발길을 옮긴다.

'반드시 다시 보게 될 거다. 이 새끼들아.'

호기로운 다짐도 잠시, 여비가 모두 사라져 버린 차가운 현
실 앞에 곧 조휘는 망연자실한 얼굴이 되었다.

그렇게 축 처진 어깨로 터덜터덜 걸어가는 조휘에게 다시
검신 어른의 음성이 들려왔다.

-결코 다시 네 몸에 현신(現身)하는 일은 없을 것이다.

와 이 어른 보소.

그걸 또 변태처럼 다 듣고 있었나 보네.

아니 벨붕도 정도껏이어야죠.

게임으로 치면 어르신은 거의 GM이나 다름없다고요!

'음?'

이 정도 드립을 쳤으면 추상같이 호통을 치시며 발끈하시는 게 정상인데?

조휘가 조심스럽게 물었다.

'설마 삐지셨습니까?'

······추회곡(秋回谷)으로 가야 하느니.

'추회곡? 거기가 어딘지요?'

-저기 보이는 박달나무, 저 방향으로 일단 가거라. 능선을 모두 지나면 당계산(當系山)의 임연부가 나올 것이다. 그 산을 올라야 하느니라.

띠용? 또 산을 타야 한단 말인가?

화산을 오르내리면서 이제 산이라면 몸서리쳐지는 마당이었다.

어르신 제가 큰 실수를 범했습니다.

당장 제 몸을 쓰시죠.

어르신께서 휙휙 날면 그 추회곡이란 곳도 단숨에 도착할 것 같습니다만?

-시끄럽다! 곧 해가 질 터. 발을 바삐 놀려야 할 것이다.

잠시 울상을 짓던 조휘가 서둘러 발걸음을 재촉했다.

◆ ◆ ◆

"끄으으……."

이건 정말 해도 해도 너무했다.

거의 직각이나 다름없는 산비탈, 아니 네 발로도 오르기 힘든 이 절벽을, 이걸 오르라고?

돌부리 하나에 몸을 의지한 채 바들바들 떨고 있는 조휘를 향해 또다시 검신 어른이 불호령을 내렸다.

-해가 지면 모든 것이 끝장이다! 곧 칠흑처럼 어두워질 텐데 계속 이렇게 매달려만 있을 참이냐?

이건 틀림없는 복수다!

고작 뒤에서 욕 좀 했다고!

분명 지름길을 알고 있으면서 쪼잔하게 이런 암벽 등반을 시키는 거다!

-닥쳐라 이놈! 이 정도로 의지가 약해서야 어디에 써먹겠느냐! 군자의 복수 운운하던 놈이 한낱 절벽을 기어오를 의지조차 없단 말이냐!

순간, 금화의 광채로 번들거리던 대주 새끼의 얼굴이 떠오른다.

"으아아아아!"

갑자기 엄청난 기합을 지르며 다시 절벽을 오르는 조휘.

하지만 그의 처절한 의지와는 다르게 주르르 미끄러지며 무릎과 팔꿈치가 찢어졌다.

삼십 분 동안 낑낑거리며 오른 것이 모두 수포로 돌아가자 조휘의 얼굴이 악귀처럼 돌변했다.

"아아아악!"

광기마저 느껴지는 조휘의 비명!

이쯤 되니 이성이 사라진다.

곧 그가 절벽을 찢을 듯한 기세로 손을 쑤셔 박았다.

푸욱!

손아귀가 찢어지는 고통이 순간적으로 엄습했지만 아랑곳하지 않았다.

또다시 미끄러지는 것보다야 훨씬 나은 것이다.

피가 나도록 입술을 깨물며 다시 오르기 시작한다.

돌부리에 패이고 나무줄기에 찢어져 온몸이 피투성이가 되면서도 움직임을 멈추지 않았다.

그렇게 처절하게 이각쯤 절벽을 올랐을까?

순간 조휘의 얼굴에 황망함이 서렸다.

더 이상 손에 뭔가 잡히는 느낌이 들지 않았던 것이다.

힘겹게 몸을 끌어올려 도착한 곳.

그곳은 그 지름이 불과 한 장(丈)도 되지 않아 보이는 이름 모를 동굴의 입구였다.

"하……."

그 식상함에 조휘는 말문이 막혀 버렸다.

"……진짜 여기가 검총입니까?"

-그렇다.

검의 무덤(劍塚).

그 이름만큼 대단한 뭔가를 기대한 것은 아니었지만 그래도 동굴은 좀 아니지 않나 싶다.

무려 검(劍)의 신(神)을 배출한 곳치고는 지나치게 단출했던 것이다.

-들어가서 무엇을 얻을지는 전적으로 네게 달려 있느니라. 절대 삿된 마음을 품지 말고 오직 경건한 마음으로 그와 마주해야 하느니.

조휘가 의문을 표했다.

"저 동굴에 지금 누군가 있단 말입니까?"

-그의 흔적들이 있지.

"흔적이요?"

-내가 검총에서 발견했던 것은 수많은 검흔(劍痕)들이다. 그 검흔들이 바로 검총의 진정한 정수.

이 어른이 지금 뭐라는 거지?

고작 동굴 벽면의 칼자국들을 보여 주려고 이 먼 곳까지 자신을 오게 만들었단 말인가?

돌아갈 은자까지 다 털린 마당에?

"아니 어르신. 저는 초식이고 뭐고 아무것도 모르는 일반인입니다. 그런 제가 고작 칼자국을 본다고 해서 고수가 되겠습니까?"

-삿되다!

이어진 검신 어르신의 음성에는 경건함을 넘어 극진함마저 담겨 있었다.

-저 검흔을 새긴 자가 누군지는 나도 모른다! 허나 결코 그를 사람의 잣대로 평가하지 마라!

사람의 잣대로 평가를 하지 말라?

아니 그럼 뭐 신이라도 된단 소린가?

-그렇다. 저 검흔이야말로 진정한 신(神)의 유산. 비록 본좌가 검의 신이라 불렸지만 그의 상대가 될 수 있다고는 단 한 번도 생각해 본 적이 없느니.

조휘로서도 경악할 수밖에 없는 노릇이었다.

검의 신이라 불렸던 무인의 입에서 흘러나온 말이라고는 믿기 힘든 말이었기 때문이다.

신과 같았던 그의 신위를 직접 본 자신이 아니었던가?

-무학(武學)에서 완벽이란 존재하지 않는다. 나는 늘 그렇게 믿어 왔느니. 그러나 그의 검은 유일무이한 완벽(完璧)이었다. 사람의 피륙을 타고난 자가 어찌 십전(十全)을 넘어 그런 완전(完全)을 보일 수 있단 말인가?

검신 어르신이 이토록 마르고 닳도록 칭송을 해 대니 더욱

173

궁금증이 치민다.

어느덧 저벅저벅 걸어가 동굴의 입구로 들어서는 조휘.

어스름한 동굴의 벽면을 한 차례 훑어보던 조휘의 두 눈이 찢어져라 부릅떠졌다.

"……이럴 수가!"

동굴 벽면에 새겨진 수많은 검흔들.

그런데 그 검흔마다 수많은 각주들이 새겨져 있었다.

-설마 저 고어(古語)들을 읽을 수 있단 말이더냐? 탁본을 떠서 수많은 학자들에게 보여 줬지만 아무도 읽지 못하였거늘!

그것은 결코 고어 따위가 아니었다.

점과 점을 잇는 벡터값.

등가속, 자유낙하, 연직상방, 연직하방 등.

중원 유파의 모든 검식들을 물리학으로 해설하고 있었던 것.

포물선은 사인 세타와 코사인 세타.

변위 거리, 순간 속도, 최고점의 높이, 사잇각, 평행 사변형 등 그것은 모든 현대 물리학의 총아(寵兒)였다.

일정한 등가속도를 실현하기 위해 정교하게 나눈 내공량.

심지어 검의 무게에 따른 중력값을 계산한 식도 보인다.

조휘는 그 지독한 광기에 질려 버렸다.

"아, 아니… 이건……."

그 모든 표기 방식이 아라비아 숫자와 영어, 그리고 한글이다.

너무나 놀라 말문이 막혀 버린 조휘.

이 검흔을 남긴 자는 현대인!

그것도 대한민국 사람이 틀림없다!

-뭐라? 그렇다면 이 검흔의 주인이 네놈의 세계에서 온 사람이란 말이더냐?

조휘가 아직도 홀린 듯한 얼굴로 고개를 끄덕였다.

"……그렇습니다. 이 동굴이 발견된 것이 언제입니까?"

-적어도 천 년은 지난 유적이다.

천 년도 넘은 이전 시대에 현대인이 중원에 왔다고?

그런데 검(劍)을 이만큼 지독하게 연구한 자라면, 그 흔적만으로 검신을 탄생시킨 자라면 역사에 이름을 올려야 정상 아닌가?

-나도 그게 항상 의문이었느니라. 마지막에 이른 그의 검흔은 가히 인세(人世)를 초월한 것. 그만한 검수가 강호의 역사에 기록되지 않은 것은 참으로 이상한 일이지.

"그의 마지막 검흔이요?"

-추회곡(秋回谷)의 지형이 이상하지 않더냐?

생각해 보니 이상하다.

협곡이라는 것은 오랜 세월 강물이 흐른 자리다.

강물은 반드시 굽이쳐 흐른다.

하지만 추회곡은 직선 일변도의 지형.

-추회곡이 바로 마지막 그의 일검흔(一劍痕)이다.

"미, 미친! 말도 안 돼!"

그 엄청나게 깊은 십 리가량의 협곡이 한 사람의 인간, 한 자루의 검으로 부린 조화라고?

조휘가 찬탄을 넘어 경이에 물든 두 눈으로 동굴을 살폈다.

그렇게 자세히 살펴보니 새겨진 글자의 양이 장난이 아니었다.

면벽(面壁) 이십사 일째.

수집해 온 검법들의 검식에서 물리학적으로 표현될 수 없는 것들, 즉 전통(傳統), 예(禮), 불(佛), 도(道), 마(魔) 등을 모두 삭제했다.

그리고 일반적인 다변수 벡터 함수를 갖는 검법을 1차, 변화율이 심해 미분계수가 필요한 검법을 2차, 그보다도 더 복잡해 기하학적 착시 도형을 일으키는 검법을 3차로 분류했다.

그렇게 모두 정리하고 나니 백 일이 지났다.

조휘는 그의 집요함에 소름이 다 돋았다.

현대인으로서 그의 삶 역시 보통은 아니었을 거라고 단숨에 짐작할 수가 있었다.

면벽(面壁) 백이십이 일째.

각 문파의 비전절기들보다도 오히려 그들의 기본공들이

176 2

훨씬 물리학적으로 완성도가 높았다.

　그래도 예외는 있었는데 무당의 장문비전인 양의심공(兩意心功)이 그에 속했다.

　양의심공은 매개 변수, 그 파라미터값을 극대화하게 해 주는 심공이었다.

　마음을 둘로 나눠 각자 다른 검법을 펼칠 수 있다는 것은 수학적으로 훨씬 다양한 변수를 일으킨다는 말과 동일한 것.

　좀 더 연구해 볼 필요가 있는 무공이다.

　면벽(面壁) 백삼십구 일째.

　머릿속이 온통 점(點)과 선(線), 그리고 면(面)이다.

　이 검식의 선은 왜 하필 이 지점에서 만곡(彎曲)하는가?

　타점의 표준 편차값을 줄이려면 만곡이 아니라 선형 변환을 일으켜야한다.

　바꾸자.

　아, 막상 바꾸려니 내 근력이 따라 주지 않는다. 운기의 행로(行路)도 불편하다.

　나는 바본가?

　이걸 이제 와서 깨닫다니.

　여기서 이 동운동이 만곡하는 이유는 인간의 육체로 펼칠 수 있는 동작의 임계점이기 때문이다.

면벽(面壁) 백팔십일 일째.

물론 물리학적으로 광속(光速)도 표현할 수 있다.

하지만 그 계산값을 육체로 시전할 수 없으면 모든 게 꽝이다.

아무리 물리학적으로 완벽한 효율을 지닌 검식을 만들어본들 그 계산값을 실현할 몸뚱이가 없지 않은가?

이 간단한 논리를 왜 놓치고 있었을까?

결국 돌고 돌아 또다시 육체 수련이다.

계산값을 펼칠 수 있는 몸뚱이의 완성이 먼저인 것이다.

면벽(面壁) 사백팔십칠 일째.

인간의 육체가 이토록 허술하다는 것을 또 한 번 깨닫는다.

단지 매 회마다 이동하는 밀리미터 단위의 점 하나를 심상(心象)으로 찍고는, 과연 내가 몇 번 만에 그 타점을 정확하게 찍을 수 있는지 실험해 보았다.

칠백이십육만사천이백이십 번.

단순히 점과 점을 잇는 등속 운동의 벡터값을 실현해 내는 데 걸린 시간만 자그마치 이 년이다.

이런 허술한 인간의 몸으로 과연 물리학적으로 완성된 검식을 구현해 낼 수가 있을까?

이건 단순히 반복적인 육체 수련으로 이룰 수 있는 것이 아니다.

다른 대안이 필요하다.

조휘는 마치 모기장 그물의 구멍처럼 촘촘하고 세밀하게
뚫려 있는 동굴의 한 벽면을 바라보며 욕지기가 치밀어 올랐
다.

"와! 뭐 이런 미친…… 사람새끼가?"

이건 인간의 집념이 아니다.

가히 집념을 넘은 광기, 광기를 넘은 자기 파괴다.

면벽(面壁) 사천육백팔십오 일째.

검식에서 물리학적으로 표현될 수 없는 요소들을 제거한
것이 얼마나 어리석은 짓이었는지 깨달았다.

왜 도(道)와 불(佛)이 있었겠는가?

단순히 육체를 단련하는 방법으로는 완벽한 육체의 통제
가 불가능했기 때문이다.

아이러니하게도 육체를 전능(全能)하게 탈바꿈시킬 유일
한 길은 바로 정신의 공부였다.

그 지옥 같았던 무수한 심상의 세계에서, 언젠가부터 나는
올곧게 자아를 관조할 수 있었다.

오직 그 세계에서만이 내 육체를 미립자 단위로 쪼갤 수도,
우주를 뒤엎는 대존재가 될 수도 있었다.

오직 그 세계에서만큼은 점과 선, 도형의 모든 물리학적 움

직임이 완전히 구현되었다.

언제부터였는지 모르겠지만 나는 그런 심상의 세계와 현실의 경계가 무너졌다는 것을 깨달았다.

호흡을 하지 않아도 먹지 않아도 죽지 않았기 때문이다.

면벽(面壁) 육천구백삼십이 일째.

내 육체는 이제 물리학적으로 완벽한 계산값을 모두 펼칠 수 있다.

아니, 그것으로는 표현이 부족하다.

모든 현상의 본질이 보인다.

마치 매트릭스의 네오처럼 대자연의 모든 법칙들이 내 전능력(全能力)과 동화되어 있다.

날 사람이라 부를 수 있을까?

위대한 존재들, 성좌(星座)들의 흥미가 내게로 향하고 있다는 것이 느껴진다.

모든 깨달음을 얻어 펼친 것만 같은 기하학적 선과 도형만이 가득 자리 잡고 있을 뿐 동굴의 벽면에 새겨진 글귀는 더 이상 없었다.

"아……."

조휘는 어렴풋이 그의 환희에 찬 검무(劍舞)가 느껴졌다.

그것은 뭐라고 단정 지어 말할 수 없는 생경한 느낌이었다.

곧 주위로 너울거리던 점과 선들이 환상처럼 온 하늘의 별이 되어 사방을 어지럽게 흩날렸다.

마치 3D 안경을 끼고 입체 화면을 보는 것 같은 느낌이 들었지만 그 현실성만큼은 당연 지금이 압도적이었다.

조휘의 감각과 동화되어 있던 검신이 환희에 찬 음성을 내뱉었다.

-대단하다! 참으로 대단해! 본 좌가 이곳에서 유성을 보는데 칠 년이 걸렸거늘! 벌써 성광(星光)을 느끼다니!

환상에 사로잡힌 와중에서도 조휘가 희미하게 눈을 뜨며 말했다.

"……천하유성검(天下流星劍)?"

분명 이 환상의 감각은 검신 어르신이 펼쳤던 천하유성검과 닮아 있었다.

-바로 보았도다!

검신의 놀람은 지극했다.

이곳은 혈옥에 자신의 영혼까지 바쳐 가며 겨우 인과율을 얻어 도착한 곳이었다.

또한 인간의 굴레를 벗어난 수준의 재능을 혈옥으로부터 부여받고도 저 유성들을 느끼는 데 자그마치 칠 년이나 걸렸었다.

그런데 조휘는 동굴의 벽면을 살핀 지 이제 일각이었다.

더욱이 자신이 펼친 천하유성검과 저 유성의 환상을 동일시 느낀다는 것.

그것은 이미 그의 무혼(武魂) 속에 천하유성검의 극의(極意)가 아로새겨졌다는 뜻이 아니겠는가?

천재?

이건 그런 단어로 표현될 수 있는 수준조차 아니다.

인연(因緣).

이것은 그를 위해 미리 안배된 하늘의 인연이라고 봐야 한다.

그제야 검신은 이 조휘라는 후손과 이어진 인연의 진정한 이유를 깨달을 수 있었다.

-나는 다리였구나.

이 모든 안배를 연결 지어 주는 매개체. 자신이 바로 그 인과의 다리였다는 것을 깨달은 것이다.

'……아아!'

조휘는 성광(星光)의 현신, 그 전율의 환상을 체감하며 끝끝내 심상의 세계로 빠져들고 있었다.

그렇게 그가 천검류(天劒流)의 정수를 온몸으로 받아들이고 있었다.

이때까지만 해도 그 심상의 세계가 삼 년이나 지속될 것이라고는 생각지도 못한 조휘였다.

소검신(小劒神).

그 탄생의 순간이었다.

12章.

  상유천당 하유소항(上有天堂 下有蘇杭).

  '하늘에 천국이 있다면 지상에는 소주(蘇州)와 항주(抗州)
가 있다'는 뜻이다.

  하지만 이 말을 쓰는 강호인은 이제 아무도 없다.

  새롭게 젖과 꿀이 흐르는 천당으로 변모한 곳은 바로 서주
안휘성의 합비.

  놀라운 신진의 문물과 젊디젊은 감성으로 가득한 그 거리
들은 감히 타 도시에서 흉내도 내지 못했다.

  오늘도 이곳 합비로 이사 온 청년이 있었다.

  금가장(金家莊)의 소장주 금적산.

꽤 규모가 큰 상단을 운영하고 있었던 그가 모든 가산을 정리하고 합비에 새롭게 둥지를 튼 것이다.

"워워! 조심히 다루래도!"

큰마음 먹고 구입한 그 비싼 안휘철방표 천상운차(天上雲車)를 저리도 험하게 몰고 오다니!

곧 금적산이 시종이 쥐고 있던 말고삐를 거칠게 빼앗았다.

그리고는 말이 뛰어오르는 듯한 문양이 금장으로 장식된 고삐를 호- 불며 마부에게 눈을 부라렸다.

"이놈! 이게 얼마짜린데! 살살 다루지 못하겠느냐?"

돌부리에라도 걸릴세라 연신 조심스럽게 다루는 그 모습이 조금은 우스꽝스러울 정도.

안휘철방이 생산하는 운차(雲車)는 일반적인 마차와는 그 성능이 궤를 달리했다.

구름 위를 거니는 듯이 부드럽다 하여 운차라고 통칭되는 안휘철방의 마차는 생산량이 한정되어 있어 부르는 게 값이었다.

이 운차는 모든 부호들이 갖고 싶은 부의 상징이자 일생의 꿈이었다.

특히나 천상운차는 지상운차(地上雲車)나 인상운차(人上雲車)와는 급이 다른 명품.

거기에 은자 일백 냥이라는 거금을 들여 최신 유행하는 청룡휘장과 고아한 향이 일품인 단향목(檀香木)으로 잔뜩 치장을 해 놨으니 금적산이 신줏단지 모시듯 하는 것은 어쩌면 당연한 일이었다.

곧 그가 흙이라도 묻을세라 조심스럽게 발을 놀려 마부석에 오르자 마부가 기겁을 하며 다가왔다.

"제, 제가 몰겠습니다! 공자님!"

"시끄럽다!"

따각따각.

천천히 운차를 몰아 길을 나선 금적산의 얼굴에는 어느새 미소가 만발했다.

환락의 합비, 그 중심에 자리 잡고 있는 거대한 별관.

모든 청춘들의 가슴을 두방망이질 치게 만드는 곳.

화려한 불빛 아래서 고아한 연주를 들으며 이성과의 인연을 맺을 수 있는 청춘 남녀들의 성지.

그 유명한 합비의 명주 한빙주(寒氷酒)를 맛볼 수 있는 유일한 장소.

합빈관(合賓館).

그런 그곳으로 향하는 첫 발걸음이었기 때문이다.

피눈물을 흘리며 천상운차를 구입한 것도 다 그 때문이었다.

합빈관은 안휘성의 모든 쟁쟁한 청춘 부호들이 몰리는 곳.

몰고 오는 마차만 봐도 대접이 달라지는 터라 평범한 행색으로는 기세에서부터 밀리는 것이다.

그렇게 흐뭇한 얼굴로 주변을 훑어보던 금적산이 돌연 운

187

차를 멈췄다.

'저것은?'

조가성심당(曹家聖心堂).

거대한 편액에 새겨진 그 일필휘지를 보고 있자니 마치 배가 고파지는 느낌이다.

이상한 일이다. 단지 글씨만 보고도 배가 고파지다니?

예술의 경지에 이른 고명한 필법가의 작품이 틀림없다.

어쨌든 조가성심당은 합빈관과 더불어 합비를 대표하는 양대 명물.

합비에 왔으면 조가성심당의 천하진미인 육겹면포(肉裌面包)와 흑청수(黑淸水) 정도는 먹어 줘야 하지 않겠는가?

육겹면포는 두 면포(=빵) 사이에 육향이 가득한 고기를 싼 후 갖은 채소와 양념으로 맛을 낸 천하의 진미였고.

흑청수는 그 이름처럼 청량하고 달달한 맛이 일품인 검은 빛깔의 물이었다.

어느덧 운차에서 내려 느긋한 걸음으로 걸어간 금적산.

그를 발견한 조가성심당의 점원이 정중히 예를 다해 맞이했다.

"안녕하십니까? 늘 성심을 다하는 조가성심당입니다. 주문을 도와 드릴까요?"

이에 금적산이 깜짝 놀라며 뒤로 물러섰다.

당연하다는 듯이 조가성심당의 문을 찾고 있었다.

한데 갑자기 창문을 열고서 사람의 머리통이 불쑥 나와 인사를 해 온 것이다.

외지인들이라면 누구나 한 번쯤 겪는 당황스러움.

촌놈처럼 보일 수는 없었기에 금적산은 짐짓 아무렇지도 않은 듯이 말했다.

"유, 육겹면포와 흑청수를 주시오."

"알겠습니다 손님. 잠시만 기다려 주세요."

금적산은 가볍게 놀라는 눈치였다.

항상 헤픈 웃음을 달고 사는 장사치들에게도 없는 지극한 친절함이 그녀에게 있었던 것.

그녀의 화사한 미소를 보고 있자니 왠지 모르게 기분이 좋아졌다.

'합비로 오길 잘했다.'

그렇게 기분 좋게 웃고 있던 것이 반각, 아니 반의 반각이나 지났을까?

"손님. 여기 주문하신 음식 나왔습니다. 철전 구십구 문입니다."

싱긋.

어느새 싱그러운 미소의 점원이 요리를 내밀고 있는 것이다.

또다시 놀라움으로 물든 금적산의 얼굴.

하나는 이렇게 빨리 요리가 완성될 수 있다는 것에 대한 감탄이요, 둘은 거의 은자 한 냥에 달하는 엄청난 가격 때문이었다.

"여기 은자 한 냥이오."

은자 한 냥이면 한 냥이지 철전 구십구 문은 또 뭐지?

하지만 왠지 모르게 이득을 보는 느낌이다.

금적산이 은자를 내밀자 점원이 철전 한 문을 거슬러 주며 예의 싱그러운 미소를 지었다.

"감사합니다. 손님. 맛있게 드세요."

그렇게 다시 운차에 올라탄 금적산이 종이를 헤집어 육겹면포를 꺼내 한입 베어 물자.

"……흡!"

맛의 조화, 그 미각의 환상이 입안을 유린한다.

어떻게 이런 맛이?

알싸하게 도는 매운맛 사이로 달짝지근한 향과 감칠맛으로 가득한 풍미가 사정없이 몰아친다.

실로 미친 단짠의 조화!

단언컨대 지금까지 살아오며 뭔가를 '먹는 것'만으로 이렇게 경악한 것은 처음이었다.

황홀함으로 그득한 금적산의 얼굴이 어느덧 호리병으로 향했다.

가느다란 어린 대나무 대롱으로 깊게 빨아들인 흑청수.

"크……!"

타는 듯한 목 넘김, 그 묘한 청량감이 정수리부터 발끝까지 꿰뚫는다.

곧이어 터져 나온 통제할 수 없는 쾌감!

"꺼어어억!"

그 청량한 맛이 도저히 믿겨지지 않는 듯 몇 번이고 호리병을 확인하는 금적산.

이런 맛을 모르고 살았다는 것이 분할 지경이다.

정말 사람이 만든 음식이 맞는 건가 의구심마저 생길 정도.

금적산이 멍한 얼굴로 조가성심당을 응시한다.

"실로 싸구나!"

이 귀한 음식들을 고작 은자 한 냥, 아니 철전 구십구 문으로 맛보게 해 주는 그 배려에 오히려 감사할 따름.

앞으로 삼시세끼 조가성심당을 찾아오겠다고 다짐에 다짐을 거듭하는 금적산이었다.

달그락달그락.

그렇게 그는 한 손으로는 말고삐를, 다른 한 손으로는 연신 흑청수를 들이켜며 길을 나섰다.

어둑어둑해질 무렵, 마지막 길모퉁이를 돌아서자 휘황찬란한 불빛이 화려하게 쏟아졌다.

"우와!"

아이 같은 탄성이 절로 튀어나온다.

합빈관(合賓館).

저 단순한 세 글자를 바라보며 왜 이토록 여인을 만나고 싶은 감정이 들끓는 걸까?

실로 합비는 그 흔한 편액들조차 사람의 감정을 들끓게 만든다.

'정말 엄청나다!'

등화의 불빛들을 형형색색 반짝거리게 만드는 것.

분명 저것이 그 유명한 파사국(波斯國)의 유리(琉璃)라는 물건일 것이었다.

파사국에서도 귀족들의 사치품으로 쓰이는 물건인데, 하물며 머나먼 이곳까지 깨지지 않고 운반한다면 그 값이 얼마나 비싸겠는가?

같은 무게의 금보다도 비싸다는 그 귀한 유리가 저렇게 덕지덕지 붙어 있다니!

그저 보고만 있음에도 눈이 돌아갈 지경이다.

이런 놀라운 문물을 접할 수 있다니!

수많은 인파가 길게 줄을 서서 입장을 기다리는 것은 어쩌면 당연한 일이었다.

금적산이 내심 또 한 번 합비에 오길 정말 잘했다는 생각을 품으며 운차에서 내리는 그때.

화려한, 그 찬란함의 정점에 서 있는 운차 한 대가 그의 눈에 들어온다.

덜그덕덜그덕.

운차의 천장이 통째로 뒤로 넘어가는 그 광경을 지켜보며
금적산이 경악을 했다.

'……개, 개천운차?'

저 마차는 안휘철방에서 일 년에 서너 대만 생산한다는 극
한정판, 개천운차(開天雲車)다.

손잡이를 돌리면 천장 전체가 뒤로 넘어가는, 그 고명한 제
갈세가의 기관지술이 접목된 명품 중의 명품!

소문으로만 듣던 그 엄청난 운차를 실물로 영접하다니 실
로 경악할 노릇이었다.

운차의 전면에 부착된 안휘철방 고유의 상징.

하늘을 향해 거칠게 투레질하는 말의 형상이 마치 살아 움
직이는 듯하다.

문득 금적산은 자신의 천상운차가 부끄러워졌다.

곧 개천운차에서 화려한 경장의 사내가 내리자 버선발로
뛰어오는 소년이 눈에 들어왔다.

"안녕하십니까! 서문 공자님! 저 룡이가 오늘도 안락하게
모시겠습니다요!"

경장의 사내가 씨익 웃으며 소년에게 은자를 건넨다.

"오늘은 몇 급수냐?"

소년의 의미심장한 미소.

"걱정 마십쇼! 물 좋습니다!"

금적산이 그런 소년의 가슴께를 살펴본다.

'이소룡(李少龍)?'

소년의 가슴에 새겨져 있는 세 글자.

거 왠지 싸움을 잘할 것 같은 이름이다.

그렇게 멍하니 서 있을 때 어느덧 다가온 큰 덩치의 소년, 홍금보(洪金寶).

"친절히 모시겠습니다 형님! 홍금보입니다 형님! 혹시 지명하는 인연생이 있으십니까 형님?"

"인연생(因戀生)?"

홍금보가 귓속말로 속삭인다.

"처음 오시나 봅니다 형님? 형님들께 아리따운 여인들과 인연을 맺게 만들어 주는 소년들을 인연생이라고 합니다 형님. 이렇게 된 거 저에게 기회를 주시죠 형님? 저만 믿고 따라오시면 됩니다 형님."

그러면서 홍금보는 갑자기 천상운차의 말고삐를 쥐며 주차생(駐車生) 무리로 다가간다.

"우리 형님의 천상운차시다. 조심히 다뤄."

"옛! 형님!"

금적산이 묘한 얼굴을 했다.

이곳의 호칭은 모두 형님으로 통일인 건가?

그때, 어디선가 소란스러운 소리가 들려왔다.

"아! 왜? 상필이는 되고 나는 왜 안 돼?"

금적산의 두 눈에 기이한 빛이 일렁였다.

'저게 그 말로만 듣던 합빈관의 입장 불가인가?'

합빈관의 지독한 성비 관리, 그리고 그들이 말하는 물 관리는 유명했다.

하북팽가의 소가주 팽각조차 입장하지 못했던 '그 사건'.

그 충격적인 소문이 이미 온 강호에 파다한 상황.

"안 됩니다 형님. 다음에 찾아 주시죠."

"싯팔! 더러워서 진짜! 어이 당신! 몇 살이야?"

지극한 친절의 몸짓을 하고 있지만 장대한 체구의 거한은 점점 거칠게 얼굴을 구기고 있었다.

"……이러시면 곤란합니다 형님."

뿌득뿌득.

한 차례 고개를 좌우로 꺾으며 양 주먹을 매만지는 거한.

"거 술 취했으면 곱게 돌아가슈 뒈지기 전에. 그러다 등 접힌다?"

"뭐, 뭣이!"

눈을 부라리며 세 보이는 척해 보지만, 저만한 위압감을 마주하고서 새가슴이 되지 않을 수가 없는 터.

한데, 그게 끝이 아니었다.

합빈관의 입구에서 걸어 나오는 또 다른 거한.

마치 산(山)과 같은 사내가 입을 열었다.

"또 무슨 일이 있소? 정구 형님?"

"별일 아니다. 신경 안 써도 돼 장 과장. 아니 장 부장."

찢어져라 벌어진 입으로 그 거한을 바라보는 금적산.

틀림없다.

입구에서 진상을 부리던 흑천련 서열 오십 위권의 고수 백잔귀도(百殘鬼刀) 남호명을 단 일권으로 패퇴시킨 그자!

그런 엄청난 자의 별호가 왜 청뇌(淸腦)인지는 모르겠으나, 그는 합빈관이 자랑하는 최강의 문지기였다.

최강의 문지기 청뇌가 눈을 부라리며 진상을 쳐다본다.

"나 어제 부장 승진했다? 아직 기분이 좋으니 좋은 말로 할 때 집으로 돌아가라."

도저히 같은 인간의 몸이라고 여겨지지 않는 그의 광활한 등판을 바라보며 금적산은 마치 짓눌리는 기분마저 들었다.

"아, 알겠다."

그제야 흡족한 듯 가슴 근육을 씰룩이며 미소 짓는 청뇌.

그렇다.

그는 바로 장일룡이었다.

곧 그가 주위를 향해 거칠게 소리친다.

"얘들아! 유시(酉時) 끝났다! 더 이상 공짜 손님 받으면 안 된다!"

금적산이 한껏 놀라며 홍금보를 쳐다본다.

"공짜 손님? 유시 전에 오면 공짜란 말이냐?"

홍금보의 두 눈에 이채가 발했다.

이런 초보적인 정보도 모르다니?

실로 벗겨 먹기 딱 좋은 외지인 호구다!

"아이고! 남자 손님은 해당이 안 됩니다 형님!"

"……그럼 여인들만?"

"예 맞습니다 형님! 누님들만 유시 전에 입장하면 기본 안주와 청주 세 병이 무료입니다 형님!"

쩝 하고 입맛을 다시는 금적산.

문득 장일룡이 의뭉스러운 표정으로 그런 금적산을 쳐다봤다.

미간을 찌푸리며 한 차례 금적산의 얼굴을 아래위로 훑던 그가 곧 홍금보를 불러 세웠다.

"금보야."

"예! 형님!"

섬전 같은 몸놀림으로 다가오는 홍금보.

"좀 애매하지 않냐?"

홍금보가 눈을 가늘게 찢으며 장일룡의 귓가에 속삭인다.

"천상운차를 몰고 왔습니다 형님."

그제야 얼굴이 펴지는 장일룡.

애매한 얼굴이라고 해도 호구는 입장시키는 것이 관례다.

"손님 받아라!"

띵! 띠딩! 떵떵!

쿠웅! 쿵! 쿠웅!

살면서 이토록 큰 소리를 들어 본 적이 없었다.

마치 가슴이 내려앉는 느낌마저 드는 거친 악예음(樂藝音)
이 사방에서 몰아치고 있었다.

도저히 참을 수 없었던 금적산이 양손으로 귀를 틀어막자
홍금보의 두 눈이 초승달처럼 변했다.

'흐흐……!'

사실 홍금보는 인연생들 중에서 그다지 실적이 좋은 편이
아니었다.

청춘 남녀들의 만남을 주선하는 능력이 출중하면 할수록
손님들의 지명도는 높아지게 마련.

허나 그는 뚱뚱한 체구에 얼굴도 잘생긴 편이 아닌지라 여
인들에게 인기가 없는 편이었다.

이번 달도 지명도가 바닥이라 다가오는 결산일에 장 부장
님에게 까일 것을 걱정했는데 이렇게 뜻밖의 호구가 걸려든
것이다.

홍금보가 금적산에게 다가가 그의 손을 열고 귀엣말로 속
삭였다.

"연귀방(戀貴房)으로 모실까요 형님? 여인들을 들끓게 하
려면 연귀방 정도는 잡아 줘야 합니다 형님."

이에 잔뜩 고심하는 태가 역력한 금적산.

넓디넓은 규모의 합빈관이었지만 악예음을 피해 여인들과 조용하게 대화할 수 있는 방은 단 여덟 개밖에 없었다. 어지간한 은자로는 그 값을 치르기도 벅찬 곳이었다.

전 재산의 삼분지 일을 들여 천상운차를 마련한 터라 당분간은 은자를 낭비하기가 꺼려지는 금적산.

"오늘은 처음이니 분위기나 살필 겸 탁자로 하겠다."

진한 아쉬움도 잠시, 홍금보가 더욱 눈을 빛낸다.

"탁자도 값이 다양합니다 형님."

"……그, 그래?"

홍금보가 저 멀리 악예단(樂藝團)이 있는 곳을 눈짓으로 가리킨다.

함께 그의 시선을 좇던 금적산의 얼굴이 돌연 발그레해졌다.

몸에 쫙 달라붙는 얇디얇은 능라의(綾羅依)를 걸친 채 연신 흐느적거리며 춤사위를 펼치는 미녀들!

여인 경험이라면 제법 자부심이 있었던 금적산으로서도 가히 눈이 씻기는 듯한 미녀들이었다.

"저기 보이는 가무판(歌舞板)과 가까운 탁자일수록 그 값이 다른데 말입니다 형님? 어떻게, 저리로 모십니까 형님?"

금적산이 정신없이 고개를 끄덕인다.

"조, 좋다!"

홍금보가 내심 쾌재를 부르며 금적산의 손을 끌어 가무판

맨 앞자리의 탁자로 안내했다.

그 와중에도 금적산의 시선은 가무판 위의 여인들에게 한껏 고정되어 있었다.

과연 합빈관은 그 명성(?)대로 명불허전!

합비로 이사를 결심한 자신의 판단은 한없이 옳고 옳은 것이었다.

두근거리는 가슴을 안고 탁자에 앉은 금적산에게로 홍금보가 차림표를 내밀었다.

"술은 어떤 걸로 하시겠습니까 형님?"

"청주(淸酒)로 다오."

홍금보가 별안간 눈을 부라렸다.

"장난이 심하십니다 형님? 청주가 놓인 탁자를 누님들이 거들떠나 보는 줄 아십니까 형님? 특급 탁자에 앉으려면 한빙주(寒氷酒) 두 병은 드셔야 합니다 형님."

"그, 그래?"

곧 금적산이 차림표에 적혀 있는 한빙주의 가격을 발견하고서 내심 기겁을 했다.

'은자 스무 냥⋯⋯?'

그 차갑고도 시원한 청량함이 머릿속까지 찌릿하게 치민다는 합비의 명주 한빙주.

하지만 무슨 은자 스무 냥이 애 이름도 아니고 비싸도 너무 비싸다.

게다가 두 병이나 마셔야 한다?

금적산이 잔뜩 미간을 찌푸리며 고민을 거듭하고 있는 그
때, 악예단이 있는 단상 위에서 붉은 무복의 미청년이 큰 소
리로 소리치고 있었다.

"오늘도 우리 서문 공자께서 설화신주를 주문하셨습니다!
풍악을 울려라!"

둥! 두둥! 둥!

귀청을 울리는 북소리를 시작으로 화려한 악예음이 사방
으로 퍼져 나간다.

띵! 따이잉! 띵띵!

지금까지 한 번도 들어 보지 못한 놀라운 악예의 향연!

그런 웅장한 음악 소리와 함께 입구 쪽에서 줄지어 등장하
는 여섯 명의 미녀들!

화려한 능라의로 몸매를 잔뜩 드러낸 그녀들이 들고 있는
것은 커다란 쟁반이었다.

형형색색의 비단과 보석, 금장으로 장식된 그 쟁반의 중심
에는 마치 옥으로 빚어낸 듯한 거대한 유리병(琉璃瓶)이 미
친 존재감을 드러내고 있었다.

설화신주(雪花神酒).

조가양조장(曹家釀造場)에서 일 년에 백여 병 정도만 생산
되는 극상품의 한빙주!

'……도대체 저자는 누구지?'

동년배에서는 재력(財力)으로 그다지 꿀려 본 적이 없는 금적산이다.

하지만 저 서문 공자라는 자는 타고 왔던 극한정판 개천운차도 그렇고 지금 설화신주도 그렇고 실로 보통의 재력을 지닌 놈이 아니었다.

몸매를 드러낸 늘씬한 미녀들이 쟁반을 든 채 천천히 움직이자 그 관능적인 걸음걸이에 모두 숨을 죽이며 탄성을 내질렀다.

"우와……!"

"과, 과연 서문 공자……!"

손님들을 향해 아찔한 미소를 보내던 그녀들이 일제히 서문 공자 앞에 멈춰 선다.

"합빈관, 서문 공자께 설화신주를 진상합니다. 뭐 하나 애들아?"

"호호호!"

"오빠 너무 멋져요!"

능라의의 미녀들이 간드러지는 듯한 교소와 애간장을 녹이는 몸짓으로 서문 공자를 둘러쌌다.

마치 황제라도 되는 양 거만하게 웃으며 주변을 향해 어깨를 으쓱거리는 서문 공자.

그의 탁자 주위로 주변의 여인들이 벌떼처럼 몰려든다.

그 모든 광경을 빠짐없이 지켜본 금적산의 가슴에 기이한 열기가 피어올랐다.

순간 자신을 바라보는 서문 공자의 시선을 느낀 금적산.

씨익.

금적산의 이마에 불끈 힘줄이 튀어 오른다.

'……저 새끼가?'

감히 금가장의 소장주인 날 비웃어?

이내 자존심에 상처를 입은 야수의 광기가 홍금보를 향했다.

"설화신주 한 병! 아, 아니! 두 병! 두 병 가져와!"

홍금보가 깜짝 놀라며 되물었다.

"금자 백이십 냥 선불인데 괜찮겠습니까 형님?"

금적산이 성난 황소마냥 콧김을 내뿜으며 품에서 전표 다발을 꺼냈다.

"가져와! 가져오라고!"

찢어지는 홍금보의 입.

"예 형님! 감사합니다 형님! 충심을 다해 모시겠습니다 형님!"

그 광경을 물끄러미 지켜보던 장일룡이 월봉제 죽순이 연소향(蓮少香)을 호출했다.

"부장님 왜요? 지금 바쁘단 말예요!"

장일룡이 눈짓으로 금적산을 가리켰다.

"저기 쟤 보이지? 작업 좀 해라."

연소향의 두 눈이 기이하게 빛났다.

"병당 얼마 쳐줄 거예요?"

"이 할."

"호호호! 알겠어요!"

금가장의 소장주 금적산.

그가 가산을 모두 탕진하는 데는 채 한 달도 걸리지 않았다.

◆ ◆ ◆

조가대상회(曹家大商會).

안휘철방, 합빈관, 조가성심당, 조가양조장, 조가객잔, 조가상단, 조가통운 등등.

수많은 계열상을 거느리고 있는 모상회(母商會)가 바로 조가대상회였다.

합비의 경제를 통째로 거머쥐고 있는, 역사상 그 유례를 찾아보기 힘든 거대 상회.

오늘이 바로 그 조가대상회의 월말 결산일이었다.

고급스러운 자단목(紫檀木)을 통째로 잘라 만든 거대한 회탁(會卓)을 중심으로, 모든 계열상의 주요 간부들이 한껏 긴장한 얼굴로 착석해 있었다.

곧 한 중년인이 회의장으로 입장했다.

그는 바로 조가대상회의 모태인 안휘철방의 총관이자 원

년 창업공신인 이여송이었다.

"회장님 입장하십니다."

스르륵!

이여송의 말에 모두 일어나 정중하게 예를 갖췄다.

"거참, 유난들 좀 그만 떠시고 모두 앉으시죠."

육 년이라는 세월이 흘러 스물넷의 나이가 되었지만 예전의 그 모습 그대로인 조휘의 등장이었다.

모든 간부들이 조심스럽게 다시 자리에 착석했다.

이에 조휘가 곧바로 본론을 꺼냈다.

"대석빙고(大石氷庫)의 증축은 아직인 겁니까?"

조휘의 불같은 시선을 받은 수석공(首石工) 남천일이 이마의 땀을 훔쳤다.

"그게…… 아마도…… 실패한 것 같습니다."

"……실패?"

투자한 은자가 얼만데 실패?

조휘가 입술을 짓씹는다.

"설명해 보시죠."

얼음장처럼 차가운 조휘의 음성에 남천일은 어쩔 줄을 몰라 했다.

"……빙고의 내실 규모가 커지면 커질수록 효율이 반감되는 것 같습니다. 증축된 대석빙고에서 얼음을 생산해 보았지만 생산량이 증축 이전과 별다를 게 없었습니다."

"얼음이 어는 데 걸리는 시간이 더 늘었단 말입니까?"

"바로 보셨습니다. 이전에는 반나절 정도면 석빙고 내의 모든 얼음이 얼었는데 이제는 한나절이 넘게 걸립니다. 하루 이백 관(750kg)의 얼음이 만년빙정으로 생산해 낼 수 있는 한계 같습니다."

조휘가 지끈거리는 미간을 매만지다 아차 싶은 표정을 했다.

열역학 제1법칙.

어떤 고립된 계의 총에너지는 늘 일정하게 유지된다.

현대인이란 놈이 병신같이 이걸 놓치고 있었다니!

이 평범한 상식을 까먹고서 석빙고를 증축하는 데 돈을 그만큼이나 쏟아부었단 말인가?

하! 젠장맞을!

너무 조급했던 것이 화근이었던 걸까?

얼음의 생산을 늘리는 문제는 조가대상회의 존립과 직결되는 사안이었다.

조가객잔의 냉차류, 조가성심당의 흑청수와 빙과자, 조가양조장의 한빙주와 설화신주, 거기에 합빈관에서 소비되는 양까지…….

얼음이 필요한 곳이 너무 많았다. 수요는 폭발적으로 늘어나는데 이를 감당할 수 없는 것이다.

"후…… 흑청수는요?"

조휘의 음성에 조가성심당의 벽호상 당주가 식은땀을 흘

리며 다가왔다.

"여기 있습니다."

건네받은 흑청수를 천천히 음미하며 들이켜던 조휘가 별안간 괴성을 질렀다.

"하! 이것도 아니야! 오히려 저번보다 더 못해졌잖습니까!"

중원의 사람들에게는 흑천수가 별천지의 맛이겠지만, 조휘의 입장에서는 현대 콜라의 반의반도 따라가지 못하는 구린 맛이었다.

"고작 이 정도의 탄산수(炭酸水)를 찾으려고 석 달째 그 많은 온천들을 돌아다닌 겁니까? 투자한 은자가 얼만 줄은 아세요?"

"아, 알고 있습니다."

"반성문 스무 장 써 오세요."

"히이이익!"

지난번에 열 장을 쓰는 데도 그만큼이나 머리털이 빠졌는데 스무 장이라니?

마치 울음을 터뜨릴 것만 같은 그의 얼굴을 조휘는 냉정하게 외면했다.

"합빈관은요?"

장일룡이 거만한 표정을 지으며 늠름하게 가슴 근육을 씰룩인다.

"매출이 두 배는 더 늘었소 형님."

"호오!"

합빈관은 언제나 조가대상회의 뒤를 든든히 받쳐 준다.

조휘는 그런 장일룡을 기이하게 바라보고 있었다.

처음에는 그저 입뺀을 담당하는 문지기로 고용하려 했었다.

하지만 그는 하나를 가르치면 열을 깨우치는 영업의 천재.

호구를 낚는 그의 수법은 나날이 발전해 가고 있었고, 그 감각은 실로 타고난 자질임이 틀림없었다.

죽순이들을 고용하여 호구를 낚는 그 수법은 자신이 가르쳐 준 것도 아니었다.

어떻게 하면 매출을 더 끌어올릴 수 있는지 동물적인 감각으로 깨우치고 있는 것이다.

도대체 청뇌(淸腦)가 뭐냐며, 우리 오빠는 겉으로만 어리숙하게 보일 뿐, 사실은 천재가 틀림없다고 입이 닳도록 떠들고 다니는 남궁소소의 말이 참트루인 걸까?

이런 장일룡의 활약 덕분에 그나마 마음에 차는 곳은 합빈관뿐이었다.

'후…… 그래. 현대의 콜라를 만드는 게 쉬울 리가 없지.'

현대에서도 그 비밀스러운 레시피로 인해 코카콜라와 펩시가 세계를 독점하고 있는 터.

어찌 보면 이만큼이나 흉내를 냈다는 것 자체로 기적이나 다름없었다.

그러나 얼음 문제는 다른 차원의 문제, 생존의 영역인 것이다.

얼음 문제만 해결할 수 있다면 투자는 얼마든지 더 할 수 있었다.

"형님, 근데 말이우."

장일룡이 무심한 얼굴로 자신을 바라보자 조휘가 대답했다.

"말해 보세요."

장일룡이 창밖의 북쪽을 응시했다.

"만년빙정은 애초부터 북해빙궁의 보물이지 않수? 북해의 고수들이 빙공을 익힐 때 도움을 주는 보물이고?"

"그래서요?"

장일룡이 고개를 갸웃거린다.

"굳이 북해궁주의 무공인 빙백신공(氷白神功)까지는 아니더라도, 그들의 방계인 설씨세가의 한설공(寒雪功) 정도의 빙공을 익힌 고수는 얼마든지 초빙할 수 있지 않겠수? 나는 형님이 왜 석빙고에 그리 목매는지 당최 이해가 안 됩니다만?"

띠용.

마치 심장에 화살이 꽂히는 그런 느낌이다.

"거 고액의 월봉을 제안할 필요도 없는 것이, 만년빙정에 누워 빙공을 수련할 수 있게 허락만 해 준다면 보나마나 미친 듯이 달려올 것이 뻔하지 않수? 자고로 무인들이란 다 거기서 거기요. 당연히 그 대가로 얼음의 생산을 약속받으면 되는 것이고…… 그렇지 않수 형님?"

"처, 천잰데?"

벌떡 일어나며 경악의 얼굴로 굳어 버린 조휘.

그 수두룩한 북해의 천연 냉장고들을 놔두고 지금까지 내가 뭔 짓을 해 온 거지?

부끄럽다.

저런 천재를 청뇌라 놀렸던 내가.

이쯤 되면 남궁소소의 '장일룡 천재설'을 도저히 부정할 수가 없다.

"……북해 다녀오실 분?"

조휘의 이글거리는 두 눈이 간부들을 훑고 있었지만 모두 이마에 땀을 훔치며 시선을 피하기만 급급했다.

장사치들의 모험심은 대단하다.

머나먼 천축과 파사국, 심지어 대불림국까지 뻗어 있는 그 장대한 교역로.

하지만 북해는 그런 상인들의 끈질긴 탐욕으로도 정복하지 못한 땅이었다.

북해가 어딘가?

왕복 반년가량이나 걸리는 머나먼 여행길이란 것쯤은 일단 제쳐 둘 수 있었다.

하지만 더러운 불신자니 흉악한 배덕자니 하며 중원인들을 향한 증오와 원념이 골수에까지 치밀어 있는 천마성(天魔城)의 성도들만큼이나 배타적인 새외인들이 사는 곳이었다.

새외대전 당시 북해빙궁은 무신의 사마세가에게 가장 처참하게 도륙을 당했다.

중원의 강호인들은 또 어떠했는가?

강호인들은 무신 사마천세에게 패배하여 의식을 잃고 쓰러져 있던 빙백여제(氷白女帝) 한백하(寒白霞)를 사로잡아 그녀의 단전을 부수었다.

이어 그녀의 궁장을 모두 찢고는 하남성 정주의 대로변에 개처럼 묶어 두고 굶어 죽게 만들었다.

물론 이해하지 못할 바는 아니다.

당시 새외무림에 의해 희생당한 중원인의 수가 무려 칠천에 달했으니까.

강호의 원한이란 것은 원래 그렇게 처절하게 돌고 도는 것이다.

북해인들은 과거 자신들의 궁주가 그런 참혹한 치욕을 당한 것을 절대로 잊지 않고 있었다.

중원의 말투를 듣는 순간 검을 들이댈 것이 분명한데 어떻게 북해행을 쉽게 결심할 수 있단 말인가?

그야말로 목숨을 걸어야 하는 길.

한참을 기다리던 조휘가 다시 입을 열었다.

"금화 일천 금. 빙공(氷功)의 고수를 영입해 오면 그 즉시 지급해 드릴 대가입니다."

금화 일천 금!

은자로 만 냥이다.

조휘가 실로 엄청난 조건을 제시하고 있었지만 그래도 섣불리 나서는 자가 없었다.

돈이 아무리 좋아도 목숨보다 중할 수는 없기 때문.

"내가 다녀오겠수 형님."

조휘는 그런 장일룡의 청을 단칼에 거절했다.

"장 부장님은 안 됩니다."

합빈관이 제대로 돌아가려면 장일룡이 반드시 필요하다.

대체 불가!

그야말로 합빈관을 위해서 태어난 사나이인 것이다.

결국 한참을 골몰하던 조휘가 이 총관을 쳐다봤다.

"그 새끼들 지금 뭐 하고 있습니까?"

이 총관이 의문을 표했다.

"⋯⋯그 새끼들이라시면?"

"온몸에 붉은 곰 문신을 한 놈들요."

"아! 회장님께서 절대 외부로 드러내서는 안 될 자들이라고 하셔서 안가에 가둬 놨습니다."

조휘가 고개를 갸웃거렸다.

"얼마나 됐지요? 회복은 다 됐나?"

"벌써 반년이 넘었습니다."

"그렇게나?"

정신없이 바쁘게 사업을 확장하다 보니 그들을 까마득히

잊고 살았다.

"불러오세요."

"예. 회장님."

이 총관이 깊숙이 예를 표하고 사라지자 회의가 다시 진행되었다.

하지만 주요 의제가 모두 다뤄진 후라 특별한 안건은 없었다.

그렇게 회의가 한 시진쯤 진행됐을 때 이 총관이 다시 복귀했다.

"모두 빠짐없이 데리고 왔습니다. 회의장 밖에 대기하고 있습니다."

"대장만 입장시키세요."

"예. 회장님."

곧이어 한 사내가 회의장에 들어서자 장일룡의 고개가 모로 꺾어졌다.

"음?"

점차 벌어지는 장일룡의 입.

"설마 강 대주? 강 대주 맞는 거요?"

두 눈을 질끈 감은 채 부들부들 떠는 그 모습이 마치 눈물이라도 흘릴 기세다.

생김새는 강만호 대주가 틀림없었다.

한데 그 비대했던 근육들은 모두 어디로 가고 저리도 피골이 상접한 몰골로 나타났단 말인가?

"크흐흑! 소…… 소왕!"

그간의 설움이 폭발한 듯 마침내 터져 버리는 강만호 대주.

장일룡이 자신을 향해 처연히 부복하는 그에게 다가가 황급히 일으켜 세웠다.

"이게 무슨 몰골인 게요? 도대체 어떻게 된 거요 강 대주?"

"크흑흑!"

강만호 대주는 그저 눈물만 쏟아 낼 뿐 차마 입이 떨어지지 않았다.

무엇을 어디서부터 설명해야 하나?

아니 설사 말을 해 본다 한들 믿어 주기나 할까?

"눈물의 상봉은 그쯤하시죠. 어이, 그만 처울고 이리 와 봐."

자신을 손짓으로 부르는 조휘를 응시하며 몸을 부르르 떠는 강만호 대주.

그 광경을 지켜보던 장일룡의 얼굴이 묘해졌다.

조휘 형님이 반말을 하는 경우는 단 하나, 상대가 자신에게 해(害)를 가했을 때다.

평소에는 서생같이 유약해 보이지만 당한 것은 반드시 수백 배로 갚는 독심을 지닌 형님이었다.

분명 강만호 대주가 뭔가 큰 실수를 한 것이 틀림없으리라.

하지만 그래도 그는 녹림 제일 무력 집단의 수장이라는 자.

합공을 한다면 웬만한 문파의 장문인쯤은 골로 보낼 수 있는 자들이 적웅질풍대인 것이다.

한데 조휘 형님 단 한 사람에게 모두 당했단 말인가?

매번 느끼는 거지만 참으로 불가사의한 능력을 지닌 형님이다.

이 총관이 측은한 얼굴로 강만호 대주를 부축하여 자리에 앉혔다.

곧 조휘의 이글거리는 시선이 그에게 향한다.

"북해에 좀 다녀와."

움찔.

강만호 대주의 동공이 지진을 만난 듯 흔들린다.

"아, 아니 북해는……."

"계속 만두만 먹고 싶나 봐?"

"……."

강만호 대주의 몸이 또다시 부르르 떨린다.

반년 동안 안가에 갇혀 오직 만두만 먹었다. 이제는 만두의 만 자만 들어도 구역질이 치밀 지경.

하지만 무엇보다 두려운 것은 녹림의 명을 반년 동안이나 수행하지 못했다는 점이었다.

녹림의 실질적인 우두머리라 할 수 있는 총표파자(總瓢把子) 마두세(馬竇世) 어른은 오히려 대왕보다 더 무서운 사람이다.

그 무시무시한 눈빛을 떠올리니 벌써부터 스멀스멀 한기가 올라온다.

"임무를 해결하면 우리들의 자유를 약속해 줄 수 있소?"

조휘가 망설임 없이 고개를 끄덕였다.

"그렇게 하지."

어차피 이래 죽나 저래 죽나 마찬가지.

강만호 대주가 이를 으득 깨물었다.

"알겠소. 그 임무 수행하겠소."

문득 조휘가 씨익 웃었다.

"잠수 타거나 도망가거나…… 아무튼 허튼짓하면 알지?"

그게 가능했다면 벌써 결행했겠지 이 호래자식, 귀신 같은
놈아.

천하의 괴물 같은 놈!

천하의 악마 같은 놈!

그렇게 부들부들 떨던 강만호가 자리에서 일어나며 눈빛
을 번뜩였다.

"그런 일 없소이다."

남궁세가의 내원(內院) 집무실 안.

산더미처럼 쌓여 있는 보고서와 결재 서류들을 애써 외면
한 채 머리를 감싸 쥐고 있는 한 남자.

내원주 남궁백(南宮白)의 얼굴은 검다 못해 귀신처럼 푸르

뎅뎅해져 있었다.

소룡대연회 이후 삼 년 동안은 실로 행복한 나날의 연속이
었다.

소검주 남궁장호의 비무대회 우승!

게다가 남궁세가의 빈객이라는 청년마저 제갈세가를 꺾고
문예지론에서 우승을 해 버린 것!

온 강호를 격동시킨 그 소식은 남궁세가 전체의 경사가 되
었다.

연일 축하 사절을 맞이하며 정신없는 나날들을 보냈지만
남궁백은 하나도 힘들지 않았다.

한 문파나 가문이 문(文)과 무(武)를 동시에 석권한 적은
강호 역사 이래 단 한 번도 없었기 때문.

적어도 후대(後代)에서만큼은 화산을 넘어 천하제일을 이
뤘으니 세가 어른들의 기쁨은 지극했다.

그러나 그 행복은 딱 삼 년까지였다.

따사로운 햇살의 어느 봄날, 한껏 싱그러운 미소를 그리며
남궁세가에 찾아온 조휘.

그가 자신의 우승 상품인 만년빙정을 찾아가기 위해 방문
한 것이었다.

병신 같게도 가장 먼저 나서서 그에게 잔치를 베풀어 준 사
람은 다름 아닌 자신이었다.

그도 그럴 것이 검밖에 모르는 검수들의 가문에게 문(文)

으로도 명성을 떨치게 해 준 고마운 청년이었기 때문.

그것도 모르고 자신의 허락도 없이 창천검패를 내주고 무기명제자로 받아들인 성찬 어르신만 죽도록 미워했으니…….

역시 어르신의 고명한 혜안(慧眼)!

사람은 결코 나이를 헛먹을 수가 없는 것이다.

하지만 돌이켜 보면 그날 그 만년빙정부터 처부숴 버렸어야 했다.

첫 보고서에는 조휘가 합비에 객잔을 연다는 소식이 적혀 있었다.

그 정도는 대수롭지 않았다.

오히려 창천검패의 주인치고는 그 그릇이 작다 여겨져 실망스러운 마음마저 들었던 것.

그러나 그 객잔의 '냉차(冷茶)' 하나가 모든 것을 바꿔 놓았다.

본디 중원인들은 차가운 것을 즐기지 않는다.

물이 좋지 않아 차가운 그대로 먹으면 몸에 탈이 났기 때문에 건강에 나쁘다는 인식이 팽배했던 것.

하지만 조가객잔의 냉차는 도대체 무슨 수작을 부렸는지 달달하면서도 담백한 맛이 일품이었고 차가운 데도 몸에 탈이 나지 않았다.

고작 그 냉차 하나로 조가객잔은 발을 디딜 틈도 없이 성황을 이루었다.

특히나 여름철만 되면 모든 조가객잔의 냉차가 점심 전에 동이 날 정도.

그렇게 조휘는 냉차 하나로 은자를 갈퀴 채로 끌어모으더니 그다음으로 배달통운업(配達通運業)이란 것을 시작했다.

음식을 집까지 배달해 주는 것.

그런 혁명적인 사업 수단은 합비의 요식 문화, 그 판도를 송두리째 뒤집어 놓았다.

더욱이 맛도 천하의 일품이라 그에 매료된 합비의 관인들과 상인들이 엄청나게 요리를 시켜 댔다.

관부(官府)와 상단의 전업 숙수들이 모두 일자리를 잃을 정도.

한데 그게 끝이 아니었다.

요리를 배달받은 손님이 배달인부에게 물품을 건네고 이를 수신자에게 전달해 주는 표물 전송의 사업 수완이 접목되자 그 파급력이 더욱 폭발해 버린 것.

보통 그런 일은 표국에 의뢰하는 법인데, 표국에 비해 일 할도 되지 않는 금액으로 대행해 버리니 표국 시장마저 거칠게 요동쳤다.

그뿐이랴?

안휘철방에서 운차(雲車)라는 새로운 개념의 마차를 출시하여 마차 업계를 통일해 버렸고.

조가양조장을 만들어 한빙주 하나로 합비의 모든 양조장

219

들을 평정하더니.

조가성심당이란 괴이한 떡집(?)을 세워 육겹면포와 흑청수라는 희대의 음식으로 합비의 요식업계를 석권해 버렸다.

문제는 조휘가 이 모든 사업을 진행하면서 갈등이 생길 때마다 창천검패를 내밀어 버린다는 것이었다.

당연히 날마다 엄청난 소원수리와 하소연들이 물밀듯 남궁세가로 밀려왔다.

이를 달래고 진정시키느라 지난 삼 년간 내원의 모든 업무가 마비될 지경.

이렇듯 조휘를 향한 뒤치다꺼리가 감당할 수 없는 지경에 이르자 결국 관부(官府)에 도움을 요청했었다.

시장의 독점은 반드시 횡포와 부작용을 낳기 때문에 일정한 제재를 통해 조휘의 사업 확장을 막기 위한 목적이었다.

허투룬 곳도 찾아가지 않았다.

남궁세가로서도 결코 얕잡아 볼 수 없는 서주자사(徐州刺使) 방불여와 대장군부(大將軍部)의 대장군 하후명을 찾아갔으니까.

그러나 그런 훌륭한 청년 상인에게 창천검패를 미리 내준 남궁세가의 혜안에 평소 감탄하고 있었는데, 왜 지금에 와서 못 잡아먹어 안달이냐는 핀잔만 듣고 나왔다.

뇌물을 얼마나 처먹여 놨는지 이미 조휘는 합비의 모든 관부를 장악하고 있었던 것이다.

무엇보다 가장 열이 받는 것은…….

"내원주님. 조가성심당의 음식이 지금 막 도착했습니다. 바로 올릴까요?"

공손한 시비의 음성에 벌써부터 침이 고이는 남궁백.

빌어먹게도 조휘의 맛에 가장 길들여진 사람이 다름 아닌 자신이었던 것이다.

지친 일상 속에서도 청량한 흑청수를 쪽쪽 빨 때만큼은 유일하게 살아 있는 느낌이 든다.

"가, 가져오너라."

그렇게 남궁백이 시비가 가져온 육겹면포와 흑청수를 맛있게 먹으며 일신의 피곤함을 달래고 있는 그때.

"충! 보고드립니다. 안휘의 유력자들이 또다시 찾아왔습니다."

자신의 유일한 즐거움을 방해한 내원 무사를 남궁백이 죽일 것처럼 노려보았다.

"또 무슨 일이란 말이냐!"

"……아마도 합빈관 때문인 것 같습니다."

아, 잊고 있었다.

그 빌어먹을 합빈관을.

합빈관 때문에 일어나는 골칫거리는 다른 모두를 합친 것보다 그 빈도가 높았다.

"내원주님. 그리고……."

"또 뭐냐!"

"화씨검문의 소문주께서 또 찾아오셨습니다."

"어휴! 빌어먹을!"

화씨검문에 무슨 원한이 있는지 조휘는 철저하게 화씨검문이 소유하고 있는 사업체들만 괴롭히고 있었다.

이제 화씨검문은 그 존립마저 위태로울 지경.

화서명이 하루가 멀다 하고 찾아오는 것은 어쩌면 당연한 일이었다.

"그리고……."

"또또! 뭐가 남아 있단 말이냐!"

"소제갈 제갈운 소협께서도 방문하셨습니다."

남궁백의 얼굴이 와락 구겨진다.

"친우(親友)를 찾아온 것이면 장호에게 보내면 될 것 아니냐? 그런 것까지 내원에 보고한단 말이냐?"

"소검주님의 친우 자격으로 방문하신 것이 아닙니다."

"그럼 무슨 자격으로?"

내원 무사의 얼굴이 긴장으로 물들었다.

"무림맹(武林盟) 감찰원(監察院) 감찰소교위(監察少校尉)의 자격으로 방문하셨습니다."

쾅!

거칠게 탁자를 내려치던 남궁백이 자리에서 벌떡 일어났다.

"뭣이?"

감찰소교위(監察少校尉).

재정과 이권에 관해서만큼은 무한한 권한을 지닌 직책이다.

문파에 드나드는 모든 물품의 출납기록과 이에 관련된 재정, 심지어 보유하고 있는 병기(兵器)의 양, 영약 현황 등 한 문파의 모든 창고를 샅샅이 뒤질 수 있는 막강한 권력을 지닌 자리인 것이다.

물론 엄연히 독립된 한 문파에게 행사하는 권력치고는 지나치게 가혹하다 생각할 수도 있었다.

도대체 무림맹이 뭐라고 이런 엄청난 감찰 권한이 있을까 궁금할 것이다.

하지만 그럴 수밖에 없는 것이 무림맹의 속성 자체가 '문파 연합체'이기 때문이다.

만약 강호에 큰 전쟁이 난다면 식량을 비롯한 모든 물자들을 각 문파에서 '각출'하게 된다.

하지만 자신들의 재산 규모를 축소하여 무림맹에 보고한다면?

다른 문파보다 훨씬 적은 물자로 전쟁을 치를 수 있는 것이다.

그래서 탄생한 것이 무림맹 감찰원.

막강한 권한을 지닌 감찰소교위들이 무림맹 소속 문파들의 재산을 늘 감독함으로써 서로를 믿을 수 있게 되는 것이다.

그런 엄청난 권한을 지닌 감찰소교위가 방문한 마당에 남궁세가로서도 긴장하지 않을 수 없는 노릇.

하지만 이상했다. 삼 개월 전에 이미 감찰소교위들이 다녀 갔기 때문이다.

남궁백이 차가운 얼굴로 읊조리듯 입을 열었다.

"……일단 감찰소교위부터 만나겠다."

내원 무사가 예를 다해 깊숙이 시립했다.

"충! 내원주님의 명을 받듭니다!"

곧 남궁백이 흑청수의 대롱을 입에 문다.

"크으……!"

폐부마저 시원해지는 청량한 그 쾌감에 새삼스럽게 감탄 을 하게 된다.

'난놈은 난놈이다.'

합비의 문화 자체를 송두리째 바꿔 버린 그 괴물 같은 놈.

'한 사람'에 의해 생긴 변화치고는 실로 엄청나다.

"충! 감찰소교위 님을 모시고 왔습니다."

어느덧 내원 무사가 제갈운과 함께 집무실로 들어서고 있 었다.

"어서 오시오."

한 일주일 동안 용변을 못 본 사람마냥 남궁백의 낯빛이 좋 지 않자 제갈운은 포권을 하면서도 걱정스러운 얼굴을 하고 있었다.

"백 아저씨. 오랜만이네요. 혹시 어디 편찮으세요?"

"아무것도 아니외다. 그것보다 벌써 감찰소교위라니? 과연 소제갈, 축하할 일이오. 이리 앉으시오."

제갈운의 두 눈이 이채를 발했다.

과연 남궁세가의 모든 실무를 담당하는 내원주다웠다.

불편해할까 봐 자신이 먼저 과거처럼 친근하게 대했지만 그는 결코 하대하지 않았다.

직위를 밝히고 방문한 이상 자신을 철저하게 무림맹의 감찰소교위로서만 대할 것이라는 의중을 내비친 것이다.

의중을 알았으니 제갈운도 사무적으로 대하기로 했다.

"감사합니다. 일 얘기부터 하시겠습니까?"

"직분에 충실하시면 되오. 일단 이쪽부터 묻겠소."

"말씀하시지요."

남궁백의 차가운 두 눈.

"이미 석 달 전에 감찰을 받았소. 다시 감찰을 받기까지는 아직 이 년이나 남았는데 이건 무슨 의도요?"

"감찰원주님께서 합비를 다녀가셨습니다."

제갈운이 쓰게 웃었다.

"판단을 달리하신 게지요."

"……무슨?"

제갈운이 집무실의 창밖으로 보이는 합비의 전경을 응시했다.

"감찰원주님께서는 조가대상회(曹家大商會)를 남궁세가

에 종속된 예하 사업체로 여기십니다."

남궁백의 입장에서는 실로 황당한 주장이었다.

저 말이 의미하는 바가 무엇인가?

조가대상회의 주인이 남궁세가의 빈객이며 원로의 무기명 제자이니 그의 재산도 남궁세가의 것이 아니냐는 주장이었다.

남궁백이 당황한 얼굴로 되물었다.

"감찰소교위께서는 그의 친구이지 않소? 조가대상회가 독자적인 집단이라는 것을 어느 누구보다도 잘 알고 있는 그대가 어찌?"

"아직도 맹의 의중을 모르시겠습니까?"

제갈운의 그 말에 남궁백은 문득 깨닫는 바가 있었다.

"혹시……?"

제갈운이 씁쓸하게 고개를 끄덕였다.

"합비의 인구가 불과 이 년 만에 두 배로 늘었습니다. 곧 수도 남경(南京)과 비등, 아니 능가하겠지요. 맹의 뜻은……."

"무슨 뜻인지 알겠소이다."

무림맹 감찰원이 무슨 바보 소굴도 아니고 조가대상회가 남궁세가로부터 독립된 사업체라는 것을 모르는 것이 아니었다.

지금 무림맹은 그 엄청난 부(富)를 거머쥐고 있는 조가대상회를 복속(服屬)시키라는 명령을 내리고 있는 것이었다.

남궁세가의 입장에서도 나쁘지 않은 선택이었다.

합비 전체의 부(富)를 칠 할 이상 거머쥐고 있는 단체가 바로 조가대상회.

외부로 말을 아껴서 그렇지 남궁세가도 제법 피해를 입고 있었다.

세가가 소유하고 있는 사업장들도 하나같이 손님을 뺏기고 있는 터.

제재할 명분이 없어 속앓이만 하고 있는 상황인 것이다.

"허나 우린 정도(正道)요."

탐이 난다고 해서 무력으로 짓밟고 빼앗는다면 흑도사파의 잡배들과 무엇이 다르단 말인가?

더욱이 스스로 후견하겠다고 창천검패까지 내준 마당에 그를 친다는 것은, 부모가 자식을 죽이는 것에 다름이 아니었다.

"흑천련(黑天聯)의 동태가 심상치 않습니다."

남궁백의 동공이 거칠게 흔들린다.

"흑천련!"

정파에 구파일방과 오대세가를 주축으로 하는 무림맹(武林盟)이 존재한다면 사파에는 삼패천(三覇天)이 있다.

천마성, 흑천련, 사천회.

각각으로 따진다면 무림맹과 자웅을 결할 수는 없겠지만, 만약에 저 셋이 이해관계를 넘어 합심한다면 무림맹으로서도 결코 방심할 수 없었다.

문제는 무림맹과 흑천련의 경계가 안휘의 지척인 포양호

(我陽湖)라는 것이었다.

혹천련이 발호한다면 남궁세가의 힘만으로는 절대 막을 수 없었다.

"그들로서도 이제 합비는 한번 목숨을 걸어 볼 만한 전장이 된 거지요. 합비의 상계, 즉 조가대상회만 차지한다면 그 엄청난 금력(金力)을 바탕으로 삼패천 중 최강이 될 겁니다."

"......"

이 정보가 사실이라면 실로 간단한 일이 아니었다. 가문의 존립과 직결되는 사안인 것이다.

"조가대상회는 아직 회색입니다. 정사지간(正邪之間). 아주 위험한 행동이지요. 맹은 그들의 금력(金力)을 취하고 싶어 합니다. 남궁세가가 도움을 주셔야 서로 상부상조할 수 있겠지요."

"......음!"

"합비에서 가장 거대한 사업체를 거느리고 있는 자가 맹의 휘하도 아닌데 맹의 지원을 받을 수 있겠습니까? 최악의 경우에는 남궁세가의 힘만으로 혹천련을 상대해야 할 수도 있습니다."

순간 제갈운의 눈빛이 일변했다.

"힘드시겠지만 결단하셔야 합니다."

그렇게 남궁백의 장고가 시작되었다.

아무리 생각해도 조가대상회를 복속시키는 것은 내키지

않았다.

물론 충분히 무력으로 취할 수는 있을 것이다.

허나 스스로 후견한 자의 재산을 빼앗고도 사백 년 남궁세가의 명예를 지킬 수 있을까?

하물며 제왕(帝王)의 도(道)를 전면으로 내세우는 가문이?

그렇다고 심상치 않은 흑천련의 동태를 무시할 수도 없는 노릇.

결코 판단이 쉽지 않았다.

"……시간이 얼마나 있소?"

남궁백의 질문에 제갈운의 표정이 더욱 좋지 않게 변했다.

"남창(南昌)의 첩보 조직이 모두 제거되었습니다. 현재 맹(盟)은 까막눈입니다."

"허!"

무림맹과 삼패천은 서로의 첩보 활동을 암묵적으로 인정하고 있는 상황이다.

그런데도 맹의 눈이나 다름없는 첩보 조직을 제거한다?

이는 물자와 병력의 이동을 들키기 싫다는 뜻, 사실상의 선전 포고다.

더 이상 시간이 없었다.

남궁백이 결심한 듯 결연한 음성으로 말했다.

"조휘 소협을 불러 모든 담판을 짓겠소."

제갈운이 슬며시 미소를 지었다.

"이미 맹의 사신이 가 있습니다. 아마 곧 이리로 도착할 겁니다."

순간, 남궁백의 눈빛에 경계의 빛이 일렁인다.

자신의 행동반경이 타인에게 읽혔다는 것. 그것만큼 더러운 기분은 없었으니까.

감찰소교위를 자처한 이상 제갈운은 결코 후기지수가 아니었다.

13章.

짙은 흑색의 장포를 펄럭이며 자신의 앞을 나아가는 사내.

그의 등을 바라보는 조휘의 얼굴은 한껏 복잡했다.

저 흑색 장포의 사내는 무림맹 감찰원 직속 무력대인 정천단(正天團)의 단주.

무림맹 감찰원, 그 무소불위의 권력을 이미 전해 들은 터라 조휘로서도 긴장이 되지 않을 수가 없는 것이다.

전에도 남궁세가로 호출되어 잔소리를 들은 적이 몇 번 있었지만, 이번에는 분위기가 완전히 달랐다.

어느덧 조휘가 남궁세가의 정문을 지나고서 배첩을 받기 위해 방명록에 이름을 적으려고 하자, 이미 마중 나온 내원의 무사가 이를 만류하고 나섰다.

"접견첩의 배부를 생략하시라는 내원주님의 명입니다. 따라오시지요."

"음? 알겠습니다."

조휘가 가볍게 놀랐다.

남궁세가는 웬만해서는 가법이나 절차를 무시하지 않는다.

그럼에도 접견첩을 생략한다는 것은 그만큼 뭔가 일이 급박하게 돌아간다는 뜻이다.

그렇게 조휘가 무사의 안내를 받아 내원에 들어섰을 때 함께 왔던 정천단주가 정중히 포권했다.

"부디 옳은 뜻을 세워 주길 바라겠소."

옳은 뜻?

이건 또 무슨 소리지?

조휘가 얼떨결에 마주 포권했다.

"살펴 가시지요."

인사를 마친 조휘가 창룡전(蒼龍殿)으로 들어서자 그 압도적인 분위기에 가슴이 서늘해질 지경이었다.

'허? 이건 뭐 거의 다 모인 것 같은데?'

일단 가장 먼저 눈에 띄는 자는 최상석(最上席)의 세가주 남궁수.

그의 우편으로는 내원주 남궁백이, 왼편으로는 외원주 남궁우가 시립해 있다.

또한 창천담로원주이자 자신의 사부인 남궁성찬이 가주의 뒤편에 서 있었고.

소검주 남궁장호 또한 강렬한 안광을 빛내며 가주의 곁을 호위하고 있었다.

거기에 각 단(團)과 대(隊)를 대표하는 단주와 대주들이 그야말로 풀무장으로 좌우로 도열해 있었다.

과연 대(大)남궁세가!

안휘의 지배자, 오대세가 중에서도 수좌를 다투는 남궁세가의 신위(身位)는 실로 거대했다.

한데 눈에 띄는 사람이 또 있었다.

'제갈운?'

익살스러운 평소의 분위기는 온데간데없는 냉랭한 얼굴. 그 싸늘함이 왠지 모르게 불길하다.

곧 제갈운의 사무적인 음성이 들려왔다.

"조가대상회를 대표하는 그대에게 우선 맹(盟)의 입장부터 전하겠습니다."

이어 잔잔하게 울려 퍼지는 그의 목소리.

그렇게 남창의 첩보 조직이 궤멸당한 사건과 그 일이 뜻하는 상황, 합비를 향한 흑천련의 심각한 동태와 무림맹의 입장 등을 간략하게 웅변하고서 그는 곧 굳게 입을 닫았다.

복잡한 것처럼 느껴지지만 무림맹의 뜻은 간단했다.

네놈의 모든 사업체를 남궁세가에 편입시켜라.

그리고 무림맹의 관리 감독을 받아라.

또한 정해진 상납금을 매월 바쳐라.

아니면 흑천련의 마수에서 우리가 널 보호해 줄 이유가 없다.

협박을 하는 방식이 지나치게 심플해서 오히려 조금은 황당하기까지 하다.

백도정파의 하늘.

정의의 화신이라는 무림맹.

하지만 이건 뭐 거의 조폭이나 다름없지 않은가?

조휘의 차가운 시선이 제갈운을 향한다.

"맹(盟)의 어르신들께서 뭔가 착각하고 계시는군요."

제갈운이 되물었다.

"무슨 착각이란 말입니까?"

"강호의 잣대만으로 저를 판단하고 있지 않습니까."

조휘가 좌중을 훑어보며 입술을 짓씹었다.

"제가 남창을 합비처럼 만들지 못할 것 같습니까?"

그런 조휘의 대답에 제갈운은 등줄기에서 소름이 좌르르 돋아났다.

남창을 지금의 합비처럼 만든다?

그 말은 흑천련에 날개를 달아 줄 수도 있다는 뜻이다.

"그게 무슨!"

"기본적으로 저는 장사치입니다. 이문을 위해서는 위험한 모험을 마다하지 않지요. 한데……."

조휘의 음성이 더욱 깊게 가라앉는다.

"그렇게 목숨을 걸고 이룬 부(富)를 날로 먹으려는 자들이 참 많군요. 그와 같은 상황에서 장사치들은 대부분 이런 생각을 합니다."

그다음 말은 모두에게 충격을 주기에 충분했다.

"누가, 어떤 자들이 내게 더 큰 이문을 안겨 줄 것인가?"

그 충격에 도저히 분을 참을 수 없었던 내원주 남궁백이 거칠게 소리쳤다.

"지금 자네의 그 말은 돈만 더 벌 수 있다면 흑천련의 개(犬)도 마다하지 않겠다는 뜻인가!"

"다 빼앗겠다는데 어쩔 수 없는 노릇이 아닙니까?"

조휘가 내원주 남궁백을 끈질기게 응시하며 다시 입을 열었다.

"인간의 욕심이란 참 끝이 없는 것 같습니다. 내원주님. 혹시 제가 남궁세가의 이익에 피해를 주었습니까?"

"그걸 말이라고 하는가! 자네가 본 세가의 사업장들을 한 번이라도 훑어봤으면……!"

"아니지요."

조휘의 비웃음 어린 얼굴이 좌중을 훑고 있었다.

"삼 년 전 합비의 인구는 대략 팔만 육천 명이었습니다. 현재는 십칠만 명이지요. 다시 묻겠습니다."

또다시 조휘가 남궁백을 쳐다본다.

"이 조 모가 남궁세가의 사업에 피해를 주었습니까?"

남궁세가의 수입은 사실 삼 년 전보다 조금 늘었다. 조휘의 말대로 합비의 인구가 크게 증가했기 때문이었다.

하지만 인간의 욕심은 반드시 상대적인 것이다.

조가대상회가 합비를 장악하고 얻는 이문에 비하면 조족지혈에 불과하니 당연히 불만이 생길 수밖에 없는 것이다.

"이보게 자네……."

"세가의 어르신들께서 저더러 양보를 해 달라고 요구하시면 저는 그렇게 할 것입니다. 비록 성은 다르지만 저는 분명 남궁세가의 사람이니까요."

조휘의 북극성처럼 시린 두 눈이 제갈운을 향한다.

"하지만 맹(盟)은 아닙니다. 가서 그대의 상관에게 전하세요. 저는 정파와 사파, 그 어느 쪽에도 속할 생각이 없습니다."

문득 들려오는 침중한 음성.

그는 바로 세가주 남궁수였다.

"정사지간(正邪之間)이라…… 강호의 역사 이래 그런 태도를 취할 수 있었던 자들은 극소수였네. 그들에게는 공통적인 특징이 있었지."

조휘도 고개를 끄덕였다.

"맞습니다. 제가 아는 어떤 어른도 늘 말씀하셨죠. 타협이라는 늪에 빠진 인간은 필연적으로 약자가 될 수밖에 없다. 자신의 사람, 자신의 가치를 목숨을 걸고 지키는 것만이 강자가 될 수 있는 유일한 길이다."

순간, 조휘의 두 눈에서 검은자위가 사라졌다.

그의 백안(白眼)이 광대무변한 신광(神光)으로 물들자.

쿠구구구구구구-

거칠게 진동하는 대전!

"저는 강자의 길을 갈 것입니다."

소름 돋을 만큼 차가운 흑백의 세계가 눈앞에 펼쳐진다.

공기의 흐름.

햇볕에 일렁이는 먼지들.

무인들이 내뿜는 기파.

찻잔 위로 솟구치는 아지랑이들.

바라보는 세상이 모두 물리학적 도식(圖式)으로 화(化)해
있다.

사방에 흩날리는 온갖 함수와 방정식들.

수많은 물리 연산식의 정보가 자연스럽게 뇌리 속에 파고
든다.

처음에는 도무지 받아들일 수 없었다.

무아경(無我境).

심상세계에서의 열락, 그 황홀한 깨달음의 시간은 고작 십
여 분에 불과할 정도로 짧게 느껴졌었다.

하지만 심상의 세계에서 빠져나와 자신의 몸을 확인하고
서는 황당함에 아무런 말도 할 수 없었다.

빛바래져 낡아 버린 학창의.

온몸에 수북하게 쌓인 먼지.

검신 어르신께서 호탕한 웃음을 터뜨리며 삼 년이 지났다고 말해 줬지만 도무지 믿을 수 없는 일이었다.

무엇보다 놀라운 것은 달라진 자신의 육체.

인간의 몸으로 도저히 구현할 수 없는 어떤 잠재적인 능력들. 그 이능력들이 모두 깔끔하게 개화(開花)되어 있었던 것.

검신 어르신께서는 이와 같은 경지를 검천전능지체(劍天全能之體)라고 부르셨다.

귀신처럼 동공이 허옇게 변하는 부작용이 좀 문제긴 하지만 말이다.

그렇게 조휘는 담담하게 좌중을 훑어보고만 있었다.

눈치가 있다면 이 기세가 모든 전력을 드러낸 것이 아니라는 것을 알고 있을 것이다.

중간자(中間子).

오직 강자만이 취할 수 있는 포지션.

당대의 강호에 자신을 능가하는 고수는 채 열을 넘지 않는다고 검신 어르신께서 확언해 주셨다.

자신은 충분한 강자다.

그런 조휘를 가장 경악한 얼굴로 바라보고 있는 자는 세가주 남궁수였다.

'대체!'

한 인간의 무혼(武魂)이 눈빛에 아로새겨지는 경지.

자하신공과 같은 특수한 무공을 제외한다면, 저 현상은 틀림없는 절대(絶大)의 경지를 말하고 있었다.

저 조휘라는 청년의 경지가 남궁세가의 창천안(蒼天眼)과 맞먹는다는 뜻.

지금까지 천재라 불렸던 수많은 무인들이 있었다.

그런 그들조차 불혹에 화경(化境)의 경지를 넘어서는 것을 기적이라 말했다.

한데, 이제 약관을 지난 청년이 화경도 아니고 절대경이라고?

상식적으로 말도 안 되는 일이다.

강호 역사에 그런 무인이 있었던가?

본인의 무혼(武魂)을 드러낸 채 오연히 서 있는 조휘를 향해 창천검선(蒼天劍仙) 남궁성찬이 너털웃음을 터뜨렸다.

"……허허허!"

저런 놈을 제자?

아무리 무기명이라지만 웃기는 소리!

진신실력을 모두 드러내지 않고서도 자신을 능가하는 존재감을 뽐내는 녀석이다.

이제 막 절대의 초입에 들어선 자신조차도 읽을 수 없는 경지의 무인.

그런 자가 무슨 자신의 제자란 말인가!

남궁성찬이 희미하게 반개한 눈으로 소제갈 제갈운을 응시했다.

"우리 감찰소교위께서도 느껴지시는가?"

"아? 어떤?"

설명할 수 없는 현상을 마주하게 되면 항상 뇌가 정지하는 제갈운.

남궁성찬이 푸근하게 웃는다.

"그는 절대(絶大)라네."

"저, 절대경!"

절대경의 고수, 그 보유 유무에 따라 한 문파의 흥망성쇠가 달라지는 마당이다.

그 대단한 구대문파 중에서도 절대의 고수를 보유한 곳은 단 네 곳.

소림과 무당, 그리고 화산과 곤륜뿐이다.

운남성의 패자이자 강호일절의 극쾌검인 사일검법의 점창(點蒼)도 칠십 년째 절대의 고수를 배출하지 못하고 있었고.

화산과 함께 섬서를 양분하고 있는 전통의 도문 종남(終南) 역시 백 년째 깜깜무소식이었으며.

고명한 비구니들의 처소 아미(峨嵋)는 개파조사 멸절사태 이후 아예 배출조차 못 하고 있었다.

이렇듯 한 문파의 당대(當代)에서 한 명조차 나오기 힘든 것이 절대경의 무인.

그 한 명의 무인이 갖는 가치와 파괴력은 필설로 형용하기 힘들 정도다.

한 사람의 무인이 오롯한 문파 그 자체라고도 할 수 있는 것이다.

"그의 의지를 꺾으려면 맹주나 부맹주쯤은 모시고 와야 겠지."

남궁성찬의 그 말에 제갈운은 할 말을 잃고 말았다.

하지만 그렇다고 임무를 잊을 수는 없는 노릇.

"……일단 맹에 복귀하겠습니다."

그렇게 제갈운이 창백한 얼굴로 황급히 대전에서 나가자 무겁게 닫혀 있던 세가주 남궁수의 입이 드디어 열린다.

"남궁(南宮)은 자네에게 어떤 의미인가?"

조휘가 서서히 백안을 갈무리한 후 잠시 생각하다 대답한다.

"삼촌 같은 느낌입니다."

무슨 사고를 쳐도 수습해 주는 고마운 삼촌!

떼를 쓰면 무엇이든 다 사다 주는 착한 호…… 아니 삼촌!

조휘에게 남궁세가는 딱 그런 느낌이었다.

"……가족처럼 여긴다라."

세가주 남궁수가 조금은 오해하고 있었지만 뭐 나쁘지만은 않았다.

남궁수의 깊은 두 눈이 내원주 남궁백에게 향했다.

"저 청년을 봉공(奉公)의 위(位)에 봉함이 어떻소이까."

가주의 그 말에 남궁백의 두뇌가 맹렬히 회전하기 시작했다. 가주의 의도를 한 방에 읽은 것이다.

남궁백은 머릿속에 가법을 떠올리고는 샅샅이 훑고 있었다.

결격 사유가 될 만한 요소들을 모조리 찾아보고 있는 것이다.

곧 생각을 정리한 그가 입을 열었다.

"세가의 직계가 아닌 자에게 봉공의 위를 내리려면 한 가지가 충족되어야 합니다, 가주."

"무엇이 충족되어야 한단 말이오?"

남궁백이 침을 꿀꺽 삼킨다.

"혼사(婚事)입니다. 본 세가의 여인과 맺어져야 가능합니다."

"음⋯⋯."

그 말에 세가주 남궁수는 침중해질 수밖에 없었다. 세가의 여식을 시집보내는 일은 간단한 문제가 아니었기 때문이다.

무엇보다 문제는⋯⋯.

"⋯⋯불가능합니다. 아버지."

남궁장호의 대답에 대전의 모든 무인들이 동의한다는 듯 깊게 탄식한다.

그들이 첫 번째로 떠올린 세가의 여식은 당연히 남궁소소.

하지만 소소는 그 근육 사내에게 홀딱 빠져 매일매일 상째 밥을 가져다 바치는 상황이다.

"으음⋯⋯."

침중한 기색이 역력한 세가주 남궁수.

그러나 한 문파의 동시대에 하나도 나오기 힘든 것이 절대 경이다.

이미 남궁성찬 어르신께서 창천안을 이루는 경사가 일어났지만, 가문을 이끄는 자의 욕심이 어디 멈춰서야 될 일인가?

조휘까지 포섭할 수만 있다면 무려 셋이다 셋.

화산도 둘이고 소림도 둘인데 남궁세가만 셋이란 말이다!

이건 결코 놓칠 수 없는 일!

"……소미(少美)가 있지 않소?"

모두의 고개가 부서지듯 세가주를 향해 꺾어졌다.

아니 저 양반이?

절대경의 무인을 포섭하려는 노력이야 이해하는 바지만 그렇다고 양심까지 팔아먹으셨나?

남궁장호가 식겁하며 아버지를 만류했다.

"아버지, 아니 가주님. 소미의 나이는 이제 겨우 아홉 살입니다."

그 말을 듣는 순간 조휘가 발악을 했다.

"미친! 아니 이 어른들이? 날 뭘로 보고! 그건 너무 아청아청해!"

"아청아청?"

고개를 갸웃거리는 세가주 남궁수를 향해 조휘는 일언지하에 거절의 의사를 내비쳤다.

"그런 게 있습니다. 아무튼 안 됩니다. 절대 안 해요!"

그런데 한술 더 뜨는 사람이 있었다.

"봉공의 위를 받아들이기 싫다면 창천검패를 도로 내놔야 할 게다."

비릿하게 웃고 있는 남궁성찬.

"치, 치사합니다!"

줬다가 다시 빼앗겠다니?

저리도 아무렇지 않게 노양심일 수가?

당황스러운 기색이 역력한 조휘다.

물론 본신의 무력도 갖췄고 관부와의 유대 관계도 돈독하게 만들어 놓았다.

허나 창천검패가 없다면 온갖 성가신 일을 마주하게 될 터.

갈등이 일어날 때마다 무력으로 해결하거나 관부에 일러 바칠 수는 없는 노릇이 아닌가?

안휘의 제왕은 엄연히 남궁세가다.

남궁성찬은 그런 자신의 약점을 정확히 알고 있는 것이었다.

"네 입으로 남궁을 가족같이 여긴다 하지 않았느냐?"

"하……."

세가의 봉공이란 것은 말만 그럴싸하지 결국은 종속된다는 의미다.

"네놈은 여전히 그 잘난 장사를 그대로 하면 되고 세가는 결코 네 이문을 탐하지 않을 것이다. 허나……."

남궁성찬의 두 눈이 다시 반개했다.

"생사를 함께하는 것, 그 운명의 공동체가 바로 가족이자 세가가 아니겠느냐?"

네네. 참 가 족같네요.

아무리 머리를 굴려 봐도 빠져나갈 구멍이 없다. 창천검패 없이 장사를 하는 것은 너무나 힘들다.

조휘의 어깨가 축 늘어진다.

"봉공…… 하겠습니다. 하지만 절대로 그 혼사는 할 수 없습니다!"

세가주 남궁수가 흡족한 얼굴로 내원주 남궁백을 쳐다본다.

"원로원과 가율각을 소집하여 회의를 준비해 주시오."

"예? 갑자기 무슨 일로?"

세가주 남궁수가 푸근하게 웃었다.

"가법을 바꾸면 되지 않소?"

"아?"

그 간단하고도 명쾌한 논리에 순간적으로 멍해져 버린 내원주 남궁백.

그렇다.

세가의 절차상 원로원과 가율각이 협의하여 만장일치만 이뤄 낼 수 있다면 가법은 변경될 수 있었던 것.

절차를 그토록 중요시하는 남궁세가가 가법까지 바꿔 가며 자신을 영입하려 하고 있었다. 새삼 자신이 이룩한 힘의 위력을 자각하게 되는 조휘였다.

"그럼 이제 저는 가 봐도 되는 겁니까?"

남궁백이 고개를 가로저었다.

"안 되지. 못 가네."

"또 무슨 일입니까?"

조휘의 짜증 섞인 음성에 남궁백이 더욱 눈을 부라렸다.

"오면서 접객당을 보지 못했는가?"

"접견첩도 못 받고 헐레벌떡 뛰어왔습니다만?"

남궁백의 시선이 접객당을 가리킨다.

"안휘의 유력자들이 죄다 몰려왔네. 모두 자네의 합빈관 때문이야."

"왜죠? 합빈관에 무슨 문제라도 있습니까?"

"당연히 문제가 있지! 쟁쟁한 유력가의 자제들이 가문의 재산을 모조리 합빈관에서 탕진하고 있지 않은가! 이젠 학문에 힘써야 할 현령(縣令)의 자제들까지 합빈관에서 흥청망청 허송세월을 보내고 있네! 그뿐인가? 장가를 앞둔 사내들의 총각 잔치? 곧 시집갈 여인들이 뭐? 처녀 잔치? 합비에서 합빈관 때문에 파혼한 집안이 얼마나 많은 줄 알고 있는가?"

조휘가 한 차례 움찔하는 듯하더니 오히려 당당하게 배를 쭈욱 내밀었다.

"아니 내가 무슨 비싼 술을 강제로 팔아먹는 놈도 아니고, 본인들 멋대로 물 쓰듯 은자를 쓰는데 저더러 어떡하란 말입니까?"

"그런데 이 사람이!"

또다시 지끈지끈 머리가 깨질 것 같은 남궁백.

이 빌어먹을 놈은 체면을 중요시하는 중원 사내의 속성을 철저하게 사업에 이용하고 있었다.

그 장삿속이 얼마나 철두철미한지 보고서를 읽으면서도 몇 번이나 감탄을 거듭했었다.

"일단 당분간만이라도 영업을 중지해 주게. 그래야 저들을 되돌려 보낼 수 있지 않겠는가? 적당히 좀 하란 말일세."

"흐음……."

조휘가 하는 수 없다는 듯 가늘게 한숨을 내쉬었다.

"좋습니다. 오늘부터 보름간 조가대상회는 휴업하도록 하지요."

그 말에 대전의 간부들이 모두 거친 노성을 내뱉었다.

"그, 그게 무슨 소리란 말이오! 합빈관만 닫으면 되지 다른 곳은 왜?"

"조가성심당은 안 됩니다!"

"조가객잔도 안 되오!"

"어허! 조가양조장은 상관없지 않습니까?"

조휘가 의뭉스럽게 말한다.

"저희 조가대상회의 사업장들은 결코 따로 휴업하지 않습니다. 공평해야죠. 누구는 일하고 누구는 쉬고 그게 뭡니까?

직원들의 사기마저 꺾으려고 하십니까?"

이젠 남궁백도 다급해졌다.

"이, 일을 더 한 사람은 자네가 특별히 품삯을 챙겨 주면 되지 않는가?"

조휘가 황당하다는 듯이 눈을 부라린다.

"아니 누구 때문에 문을 닫는데요? 그 품삯을 남궁세가가 줄 겁니까? 조가대상회가 하루를 쉬면 그 손해가 얼만 줄은 아세요?"

"아, 아니 이보게. 조 소협."

보름 동안 조가성심당의 음식을 못 먹는다고 생각하니 눈앞이 깜깜해질 지경이었다.

특히나 흑청수의 꿀맛, 그 인생의 단비에 이미 중독되어 버린 몸이다.

대전의 다른 모든 간부들도 마찬가지.

"크윽! 조가객잔의 냉차 없이는 못 사는데!"

"우리 아들은 육겹면포 아니면 밥도 먹지 않는다네."

"한빙주를 맛볼 수 없는 삶…… 그게 어디 사람의 인생인가?"

가장 가관은 세가주 남궁수였다.

"그…… 한정판 운차가 이름이 뭐였더라? 아무튼 이번에는 받아 볼 수 있겠는가?"

조휘가 고개를 끄덕였다.

"주문하신 개천운차 말씀하시는 거죠?"

"그, 그래! 그거네!"

"아, 제가 보고받기를 아마도 인도일이 이레 정도 남은 걸로 알고 있습니다."

"이레!"

안휘철방에서 일 년에 서너 대만 생산하는 극한정판 운차인 개천운차(開天雲車).

세가주 남궁수는 현대의 오픈카처럼 지붕이 젖히는 개천운차의 그 모습에 매료되어 한시도 잊지 못하고 있었다.

일주일만 있으면 드디어 그 영롱한 자태를 인도받을 수 있는 것이다.

한데, 조가대상회가 보름이나 영업을 중지한다면?

돌연 세가주 남궁수가 남궁장호를 쳐다본다.

"유력자들이 모여 있는 접객당이 어디냐?"

"청룡당입니다."

그 말에 남궁수가 뒷짐을 지며 길을 나섰다.

"창천대연신공 한번 운기하고 옴세."

그런 그의 뒷모습을 바라보던 남궁백의 눈 그늘이 턱밑까지 내려앉았다.

아아, 도대체 남궁은 어디로 가고 있단 말인가.

◆　◆　◆

감찰원 원행 마차의 마부가 한참이나 기다리며 서 있는데
도 후원에 우두커니 서 있는 제갈운은 출발할 생각이 없는 듯
보였다.

힘없이 풀려 있는 제갈운의 동공.

원래 내정되어 있었던 의별감(義別監)이 아닌 감찰원으로
발령받은 것은, 자신이 조가대상회의 조휘와 친분이 있는 사
람이었기 때문이다.

그만큼 이번 일은 중요한 사안이었다.

조가대상회는 이미 중원제일의 상단이라는 만금상단의 아
성마저 위협하고 있었다.

그런 조가대상회를 무림맹의 휘하에만 둘 수 있다면 삼패
천과 양립하고 있는 강호의 판도마저 바꿀 수 있는 상황.

그래서 합비행이 결정된 그 순간부터 수많은 변수를 상정
하고 대처 방안을 준비해 왔다.

남궁세가의 모든 주요 간부들의 성향과 심리 파악은 물론
이요, 조가대상회의 약점, 설득의 논리 구성, 적당한 으름장
등 어느 하나 허투루 준비한 것이 없었다.

한데 예측하지 못했던 단 하나의 변수로 인해 모든 것이 파
괴되었다.

절대경(絶大境)!

이건 해도 해도 너무한 거 아닌가?

그 어떤 자가 이제 막 약관을 넘은 청년이 절대경의 경지를

이룩했을 거라고 예측할 수 있단 말인가?

게다가 그는 강호문파가 아니라 상계(商界)의 인물이지 않은가?

아무리 소제갈이라 불리는 자신이지만 이런 변수는 도저히 대처할 수 없는 일.

이런 처참한 기분은 그때의 일 이후 처음이다.

필법 겨루기.

지금이 딱 그때 느꼈던 감정이랑 비슷했다.

인간의 상식으로는 도저히 설명될 수 없는 어이없는 상황. 지금도 딱 그와 같은 상황인 것이다.

한데, 둘 다 한 인간의 모습이라는 것이 미치고 환장할 노릇이다.

인간의 경지가 아닌 것 같은 고명한 필법의 대가도 조휘고, 갓 약관을 지난 자가 절대경이라는 것도 조휘다.

도대체 그놈은 인간이 맞기나 한 건가?

이제는 황당함을 넘어 화가 날 지경이다.

"와! 사람이 어쩜 그래요?"

제갈운이 고개를 홱 하고 돌아보니 조휘가 떨떠름한 얼굴로 자신을 바라보고 있었다.

"내가 개천운차 설계비로 소협에게 준 돈이 얼만데! 자그마치 금화 백 냥이요 백 냥! 사람이 말이야 양심이 있어야지, 어떻게 맹에 취직하자마자 곧바로 뒤통수를 칩니까? 왜 제갈세가가 그리도 욕먹고 다니는지 이제야 알겠네."

그때, 저 멀리 유력자들이 몰려 있는 청룡당 근처에서 거대한 제왕의 기세가 몰아쳤다.

쿠구구구구구-

발밑에서 느껴지는 묵직한 진동파.

우아악!

아아아아악!

이 먼 곳까지 사람들의 찰진 비명 소리가 메아리쳐 들려왔지만, 조휘는 대수롭지 않게 손을 휘휘 저으며 다시 입을 열었다.

"아아, 저쪽은 신경 쓰지 마시고. 어디 변명이라도 들어 봅시다."

제갈운이 가늘게 한숨을 내쉬었다.

"휴, 맹에 속한 이상 제 뜻대로 할 수 있는 게 뭐가 있겠어요. 모두 맹의 뜻인 거죠 뭐."

"내 그렇게 나올 줄 알았지. 어휴. 그래서 앞으로도 계속 내 장사를 방해할 생각이겠네요?"

흠칫.

예사롭지 않은 기세에 제갈운이 본능적으로 한 발자국 물러난다.

"마, 말로 하시죠. 이래 봬도 전 맹의 감찰소교위입니다만?"

조휘가 고개를 절레절레 저었다.

뭐 이해 못 할 바는 아니다.

직장인(?)이 위에서 까라면 까야지 뭐 별수 있겠는가.

하지만 인간적으로 믿었던 사람에게 뒤통수를 맞은 이 찝찝한 기분만큼은 도저히 떨쳐 낼 수가 없었다.

"암튼 더 이상 귀찮은 일은 만들지 마시고 알아서 맹에 잘 보고해 주시면 저도 없던 일로 해 드리죠. 그것보다 전에 제가 제안했던 건 생각 좀 해 보셨습니까?"

"그건 안 된다고 말씀드렸을 텐데요?"

조가대상회의 부회장직 제의.

그 월봉이 무려 이백 금이었다.

조휘 입장에서는 제갈운만 한 인재를 영입할 수만 있다면 결코 아깝지 않은 금액이었다.

"왜요? 맹(盟)에서 받는 월봉보다는 훨씬 많지 않습니까?"

제갈운이 가늘게 한숨을 내쉬었다.

권력이란 오직 돈만으로는 해결할 수 없는 문제. 조휘는 무림세가의 속성을 몰라도 너무 몰랐다.

"월봉이 문제가 아니에요 조 소협. 맹과 우리 제갈세가는……."

"조 봉공!"

어느덧 후원에 나타난 남궁장호.

그 찐득하고 열정 어린 눈빛에 조휘가 흠칫하고 뒤로 물러난다.

저 강렬한 눈빛.

왠지 소룡대연회 때 화산소룡 청운소를 바라보던 눈빛과 흡사하다.

"봉공께 한 수 가르침을 청하겠소!"

정중히 예를 다해 포권하고 있는 남궁장호.

그 얼굴이 얼마나 진지한지 조휘의 팔뚝에 난 털이 모조리 서 버린다.

"아니 갑자기 왜 그러십니까? 아직 확정된 일도 아닌데요?"

남궁장호가 경이에 찬 눈빛으로 끈덕지게 조휘를 응시한다.

"아버지께서 움직이셨으니 반드시 이뤄질 일이오! 아무튼 본 세가의 봉공이란 원로와 동등한 위치라 할 수 있소! 당연히 세가의 원로는 후학에게 가르침을 베풀 의무가 있소이다!"

명분만 그럴싸하지 결국은 싸우고 싶단 얘기다.

평소에 그 열정적인 소문은 듣긴 들었다.

세가의 고수란 고수는 모조리 찾아다니며 가르침을 청하는 무공에 미친 검귀, 소검주.

남궁장호의 두 눈에는 지극한 존경의 빛이 떠올라 있었다.

"나와 비슷한 동년배에 그런 경지를 이룩할 수 있다는 것이 도저히 믿기지가 않소이다. 진심으로 찬탄하는 바이오."

심상치 않은 기세를 느낀 조휘가 슬금슬금 후원을 빠져나가려고 하자.

남궁장호가 다시 한 번 깊숙이 몸을 숙인다.

"봉공에 비해 나는 모자람이 많은 사람이외다. 하나 내 무혼(武魂)마저 무시하지는 말아 주시오."

-검수의 진심을 외면하지 말거라.

뇌리 속에서 검신 어르신의 잔잔한 음성이 들려오자 조휘도 진중한 얼굴이 될 수밖에 없었다.

"흠⋯⋯."

잠시 동안 고민하던 조휘가 먼저 연무장 방향으로 길을 잡았다.

"알겠습니다. 가시죠."

남궁장호의 얼굴에 한껏 화색이 돌았다.

"고맙소이다 조 봉공!"

조휘와 남궁장호의 비무 소식은 세가의 모든 검수들에게 빛처럼 빠르게 전달됐다.

그 소식은 창룡전에 있었던 간부들에게는 흥밋거리로 손색이 없었지만, 하급 무사들에게는 황당함 그 자체였다.

외원의 하급 무사 하나가 황망한 얼굴로 동료들을 바라보았다.

"아니, 비록 조가대상회의 조휘 소협이 대단한 사람이긴 하지만 소검주님과의 자그마치 '비무'라니? 제정신이란 말인가?"

"예끼 이 사람아, 아직도 소식을 못 들은 겐가? 조휘 소협이 절대경이라고 하네! 절대경!"

"뭐, 뭣이! 그 무슨 말도 안 되는?"

"두고 보면 알겠지! 일단 구경이나 하자고! 어이! 앞에 머리 좀 치우라니까!"

어느새 발 디딜 틈 하나 없이 수많은 무사로 꽉 차 버린 연무장을 둘러보며 조휘가 눈살을 찌푸리고 있는 그때.

"그럼 한 수 부탁드리겠소이다!"

그렇게 남궁장호가 소검주의 신위(身位)를 드러냈다.

창천대연신공의 도도한 기의 흐름이 온몸을 휘감아 돌자 남궁장호가 초연한 눈빛으로 검을 곧추세웠다.

그런 그를 검은자위가 사라진 백안(白眼)으로 묵묵히 응시하고 있는 조휘.

"오시죠."

조휘는 이왕지사 시작한 비무를 허투루 하고 싶진 않았다.

그것이 상대의 진심에 대한 예의.

곧 남궁장호가 묵직한 제왕의 검로를 그렸다.

일말의 주저함도 없는 장대한 검로.

그간 그의 수련이 얼마나 엄정했을지 단숨에 느껴진다.

상대의 눈을 속이지도 않는다.

잔재주로 농락할 생각도 없다.

제왕의 검은 오롯이 뜻을 세우고 오직 묵직하게 나아가고 또 나아갈 뿐.

제왕검형(帝王劍形).

전이식(前二式) 제왕지세(帝王之勢).

군집된 검기가 모든 것을 집어삼키는 거대한 밀물처럼 도도하게 밀려온다.

그런 검기의 파도를 물끄러미 지켜보던 조휘.

곧 그가 가볍게 보법을 일으켜 최단 거리의 회피기동 벡터 값을 구현해 낸다.

'이형환위(移形換位)?'

남궁장호의 두 눈이 커다랗게 떠졌다.

아니, 저런 게 이형환위일 리가 없었다. 이형환위는 희미한 잔상이라도 남으니까.

단 한 번의 보법을 일으켜 가볍게 제왕검형의 검세를 피해 버린 조휘가 곧바로 남궁장호를 향해 파고들었다.

짓쳐 들며 이어진 삼검(三劍).

횡 베기 하나, 우변 찌르기 하나, 상단 쳐올리기 하나.

순간 남궁장호의 두 눈에 기이함이 일렁인다.

기묘한 이질감.

인간의 움직임은 반드시 어떤 사전 동작을 수반한다.

한데 조휘의 동작에는 그런 것이 없었다.

마치 허공에서 검이 순간적으로 나타난 것만 같았다.

하나 그 삼검(三劍)에는 그다지 큰 위력이 느껴지지 않았다.

베기는 느렸고 찌르기도 물렀으며 쳐올리기 역시 힘이 없었다.

그렇게 남궁장호가 가볍게 검을 놀려 조휘의 검세를 뿌리치려는 찰나.

까깡!

가가가각!

울컥 피를 토하는 남궁장호!

그가 미친 듯이 뒤로 물러나며 검세를 와해하고 있는 것이다.

"쿨럭!"

단순한 베기와 찌르기, 쳐올리기.

분명 삼재검도 뭣도 아니었다.

허나 그건 베기이면서도 베기가 아니었고, 찌르기면서도 찌르기가 아니었다.

이건 직접 검을 섞어 보지 않고서는 도저히 설명을 할 수가 없었다.

'……도대체 어떻게?'

물론 노련한 검수라면 상대의 눈과 어깨, 그리고 발을 보며 그 움직임을 미리 예측할 수 있었다.

하지만 이런 건 도저히 불가능하다.

상대는 기(氣)를 보고 있었다.

그것도 자신의 내부를 휘감아 도는 창천대연신공의 진기를.

그것이 아니라면 이 현상을 도저히 설명할 수가 없었다.

베기를 쳐 냈을 때 자신의 검에 담긴 내력은 창천대연신공의 육성(六成)이었다.

한데 베기에 담긴 경기(勁氣)가 자신이 쳐 내던 그 내력의 힘과 거의 동일했던 것.

이를 악물고 구성(九成)의 내력을 일으켜 찌르기를 비꼈을 때도, 십성(十成)의 모든 진기를 짜내 쳐올리기를 막았을 때도 그 힘은 항상 동일했다.

물론 여기까지는 문제가 되진 않았다.

문제는 타점(打點)이었다.

정확한 힘의 충돌이 일어나자 그 모든 타점의 반작용들이 내부에 엄청난 충격파를 일으킨 것.

가장 소름 돋는 것은 그 원형의 충격파가 단전만 자극했을 뿐 심장을 비껴간 것이었다.

그것은 내부를 관조하며 내상을 살피던 남궁장호에게 너무나 큰 충격이었다.

이게 인간의 무공으로 가능한 것인가?

의문도 잠시 또다시 날아드는 조휘의 삼검(三劍).

이번에도 역시 횡 베기 하나, 찌르기 하나, 쳐올리기 하나.

그 느릿한 궤적도 전과 똑같다.

온몸에 소름이 좌르르 돋아나는 남궁장호.

미련하게 또다시 당할 수는 없었다.

남궁장호는 오히려 공격에 공격으로 맞섰다.

자신이 펼칠 수 있는 최대한의 검으로.

제왕검형(帝王劍形).

후일식(後一式) 제왕진천무(帝王震天舞).

제왕의 막강한 검기가 사방에서 무거운 기세를 일으키자 그 모습을 지켜보던 세가주 남궁수가 벌떡 자리에서 일어났다.

으스러져라 말아 쥔 주먹!

제왕검형의 후삼식(後三式)은 사백 년 남궁세가의 모든 것이다.

벌써 저만한 깨달음의 경지에 오르다니!

아들의 경지가 초절정의 벽을 넘어 화경(化境)을 목전에 두고 있었던 것이다.

그때, 남궁장호와 평생을 함께 무공을 닦아 온 휘룡단의 부단주 남궁여상이 비명을 질렀다.

"안 됩니다 소검주!"

깨달음은 분명 얻었지만 육체의 수준이 아직 따라 주지 않았다.

지금 남궁장호는 목숨을 걸고 있는 것이다.

하지만 그는 멈출 생각이 없었다.

결코 만만치 않은 푸르스름한 검기의 파도.

조휘가 검을 고쳐 잡는다.

비로소 검신의 독문 검식이 오랜 세월을 격하고 강호에 오연히 드러난다.

쏴아아아아아!

남궁장호의 세상이 검게 변했다.

제왕의 검무, 그 막강한 경기의 파도를 뚫고 들어오는 빛의 무리.

그 광대무변한 성광(星光)들이 눈부시게 세상을 메우고 있었다.

어떤 것은 느리고 어떤 것은 빠르다.

고아한 포물선을 그리는 만곡과, 너울거리다 빛살처럼 쏟아지는 직선.

아지랑이처럼 사라지다 폭발하는 점과, 찬란하게 다시 반짝이며 흩날리는 선형.

그것은 세상 모든 형(形)의 환상이었다.

마치 장난처럼 자신의 제왕진천무를 휘젓고 다니는 그 빛무리들.

이제 막 기운을 떨치기 시작한 제왕진천무의 막강한 검력이 마치 사그라지는 눈처럼 아래로 주저앉는다.

울컥!

검에 몸을 지탱한 채 피를 쏟아 내는 남궁장호.

일시적이지만 화경에 근접하는 힘을 내었으니 당연한 결과다.

남궁장호의 경이에 찬 두 눈이 조휘를 향한다.

"크으윽…… 봉공의 검…… 그 성명(成名)을 알 수 있겠소……?"

조휘가 씻은 듯이 검력을 거두며 담담하게 남궁장호를 바라보았다.

"저의 성명검법은 천검류(天劍流)."

조휘가 검을 검집에 갈무리하며 다시 입을 열었다.

"이것은 천하유성검(天下流星劍)이라는 검식(劍式)입니다."

쨍그랑!

얼마나 놀랐으면 내원주 남궁백이 찻잔을 떨어뜨린 것도 모르고 멍하니 입을 벌리고 있었다.

"……어떻게 저런 무학의 천재가 존재할 수 있단 말인가?"

곁에 있던 창천검선 남궁성찬이 나직이 고개를 가로저었다.

"그는 천재가 아니네. 오히려 우리 장호 쪽이 천재라 할 수 있지. 비록 미완성이라 할지라도 화경의 문턱에 이르지 않았는가? 저 나이에 참으로 놀라우이."

오히려 승리한 조휘보다 쓰러져 있는 남궁장호를 더 대견하다는 듯 바라보고 있는 남궁성찬.

방금 그 엄청난 조휘의 신위를 보고도 아무렇지도 않다는 말인가?

남궁백의 의문으로 가득 찬 시선이 다시 남궁성찬에게 향했다.

"그렇다면 우리 장호를 단 두 수만에 패퇴시킨 저 녀석은 도대체 뭐란 말입니까?"

남궁성찬이 씁쓸하게 웃으며 조휘를 응시했다.

"내 원주께서 한번 설명해 보시게."

"네? 무슨 말씀이신지……?"

남궁성찬의 두 눈이 침잠한다.

"저런 녀석은 누구의 안목으로도 해석될 수 없네. 그 어떤 고절한 무학의 고수가 와도 마찬가지일 걸세."

그가 시선을 돌려 세가주 남궁수를 쳐다본다.

자리에 앉아 있는 남궁수는 두 눈을 반개한 채 깊은 고뇌에 빠져 있었다.

"단 한 수의 검초만으로 칠무좌(七武座)의 일인인 우리 세가주를 심상(心象)의 세계에 던져 버리는 놈일세. 이는 단순히 무공의 경지가 문제는 아니라는 뜻이지."

남궁성찬의 시선이 다시 조휘를 향한다.

"저놈의 검이 부린 조화는 언뜻 화려해 보이나 그 속의 무리(武理)는 강호의 그것이 아닌 것 같은 묘한 뭔가가 들어 있네. 뭐랄까…… 인간 세계의 것이 아닌 그런 위화감?"

그때, 세가주 남궁수가 천천히 눈을 떴다.

"백부님께서 제게 보여 주신 논검록(論劍錄)의 상대가 저 청년이군요."

남궁성찬의 두 눈에서 이채가 발했다.

선입견을 가질까 봐 일부러 알려 주지 않았는데 곧바로 자신의 논검 상대를 알아본 것이다.

"백부님께서는 저 청년의 삼검(三劍)을 뚫고 수세를 회복할 수 있겠습니까?"

침중하게 얼굴을 굳히던 남궁성찬이 나직이 고개를 가로저었다.

"장담할 수 없지."

세가주 남궁수가 그럴 줄 알았다는 듯 고개를 끄덕인다.

"그의 삼검은 완벽(完璧)입니다."

이에 곁에 있던 남궁백이 커다랗게 눈을 뜨며 경악했다.

저 칠무좌가, 저 창천검협이 입버릇처럼 하는 말이 있다.

-아쉽지만 제왕검형(帝王劍形)은 미완성의 검(劍)이다.

남궁세가의 모든 것이나 마찬가지인 그 지고의 검법 제왕검형마저도 미완성의 검이라고 격하하는 검수다.

그런 그가 상대의 검초를 '완벽'이라 말한다고?

"저 삼검은 모든 궤적을 선점하고 있습니다. 상대의 그 어떤 변초도 허용하지 않는 철저한 공간 지배. 상대로 하여금 오직 수세만을 강요하는 완벽한 공격 검식……."

다시 두 눈을 지그시 반개하는 남궁수.

"만약 저 청년이 절대경 본연의 경지인 의념의 공부로 저 삼검을 펼쳤다면……."

"그 자체로 이미 신검(神劍)이네."

"으음……."

그렇게 세가주 남궁수가 다시 심상의 세계로 빠져들자 남
궁성찬이 나직이 읊조렸다.

"저런 건 천재가 아니네. 천재란 것도 엄연히 인간의 잣
대."

강호의 상식으로는 도저히 해석할 수 없는 존재.

마치 하늘에서 뚝 떨어진 것 같은, 전혀 다른 세계의 존재
처럼 느껴졌던 무인들.

"신인(神人). 저놈을 보고 있자니…… 나는 왠지 삼신(三
神)들이 떠오른다네."

유구한 강호의 역사 이래 존재했던 단 세 명의 신.

남궁성찬이 그들을 떠올린 것이다.

이에 남궁백이 경악한 얼굴로 굳어 있었다.

조휘를 향한 세가 최고 검수들의 평가.

그가 진정으로 신(神)의 후보라면 남궁세가는 결코 그를
놓칠 수 없었다.

14章.

14 章.

패배를 했음에도 굴욕감이나 허탈한 감정이 일어나지가
않았다.

그도 그럴 것이 경쟁 상대라 여길 수조차 없는 무위였던 것
이다.

몸을 추스르며 조휘를 올려다보는 남궁장호의 얼굴에는
오히려 희열의 빛이 떠올라 있었다.

저만한 검수와 동시대를 산다는 것.

그것이 어떤 의미인지 모르지 않았기 때문이다.

'천검류(天劒流)……'

하늘에 이른 검이라!

광오하기 짝이 없는 이름이었지만 되레 그럴 만하다는 생각이 들었다.

마지막 그의 검초는 마치 인세(人世)의 것이 아닌 것처럼 느껴졌으니까.

남궁장호가 마치 여인을 보듯 찐득하게 자신을 바라보고 있자 조휘가 소름이 돋는 듯 몸을 부르르 떨었다.

"뭐 하십니까? 빨리 일어나시죠."

"아, 알겠소."

문득 조휘가 연무장을 훑었다.

경악의 얼굴로 자신을 바라보는 세가의 검수들.

강호에서 '소검주'라 불리며 육대신룡의 선두에 서 있는 남궁세가의 소가주를 두 수만에 꺾었으니 당연한 결과다.

보잘것없었던 현대인, 만년 공시생 조영훈의 삶과는 비교조차 되지 않는 현실이었다.

묘한 도취감.

나쁘지는 않았다.

그런 조휘의 상념을 깬 자는 어느새 다가온 제갈운이었다.

"할 말이 있어요. 일단 맹에는 돌아가지 않겠습니다. 당신과……."

"잠시만. 잠시만요."

흔들림 없이 고정된 조휘의 두 눈.

그의 시선이 닿아 있는 곳에는, 청룡단(靑龍團)의 복식을

한 어느 청년이 한일자로 굳게 입을 다문 채 우두커니 서 있
었다.

그는 바로 조휘의 친형인 조혁이었다.

조휘와 시선이 마주친 조혁이 뚜벅뚜벅 걸어와 조휘 앞에
섰다.

"당신은 누구요?"

심상치 않은 형의 분위기에 조휘는 의념을 일으켜 방원 삼
장 내의 모든 음파를 차단했다.

조혁이 다시 입을 열었다.

"당신이 쓰러져 가던 아버지의 철방을 일으켜 세웠을 때
도, 온갖 사업체를 일궈 합비를 별천지로 만들었을 때……
그럴 수도 있다 생각했소. 워낙 총명했던 동생이니까."

"……."

"하지만 무공은 다르지. 평생을 함께 살아온 가족이, 이 형
이 모를 리가 없지 않소? 당신은 내 동생이 아니오."

육 년이라는 시간이 지나 어느덧 한 사람의 당당한 무인이
된 형.

조휘는 가슴이 무거워졌다.

심지 굳은 눈빛.

의심을 넘어 확신하는 기색이다.

그런 형을 바라보는 조휘의 두 눈이 금방 아련해진다.

"내가 열한 살 때였나…… 노을이 참 아름다운 날이었어.

형은 뒤뜰의 가문비나무 아래서 한참을 울고 있었지. 피가 잔 뜩 묻어 있는 가문비나무의 중심을 바라보며 난 그저 형이 권(拳)을 수련하다 아파서 우는 줄로만 알았거든."

"……."

"그런데 철이 들어 그때를 생각해 보니 형이 왜 울었는지 를 더욱 모르겠는 거야. 산적들에게 화를 입은 아버지 때문이 었을까? 아니면 광주리에 숨어서 기절해 계셨던 어머니가 불 쌍해서? 아니면……."

조혁의 고개가 가로저어졌다.

"부모님을 해코지한 산적 놈들에게 복수심은 있었지만 그 때문에 울진 않았다."

"그럼……."

"산적패들을 피해 산야에서 두 달 동안이나 풍진노숙하다 가 우리 연(燕)이가……."

불끈 쥔 조혁의 주먹이 부들부들 떨린다.

그렇지 않아도 병약했던 여동생이 그때의 풍병(風病)을 한 번 앓고서는 더욱 약해졌다.

지금도 겨울이면 아예 밖을 나오지도 못할 정도. 고뿔이라 도 한 번 걸리는 날에는 꼬박 이레는 앓아눕는다.

"게다가…… 넌……! 내 동생 휘아(輝兒)는……!"

조혁이 가득 깨문 입술로 동생의 배를 바라본다.

"네 배에 구멍이 나지 않았느냐!"

창을 획획 돌리던 그 빌어먹을 산적 새끼가 장난처럼 동생의 배에 창을 쑤셔 박았다.

동생은 너무나 놀라 비명도 지르지 못했다.

그저 혼이 달아난 얼굴로 멍하니 내장이 삐져나온 배를 움켜잡고 서 있을 뿐.

사흘 밤낮 피거품을 게워 내던 동생의 모습을 생각하면 지금도 온몸의 피가 거꾸로 솟는 기분이었다.

"……나는 내 동생들을 지키지 못했다. 그 뒤로 나는 한시도 몸을 단련하는 것을 멈추지 않았다. 나는…… 나는……!"

마침내 한스러운 눈물을 터뜨리고 마는 조혁.

조휘는 왜 형이 그토록 맹목적으로 무공의 고수가 되고 싶어 했는지 이제야 완전히 깨달을 수 있었다.

'나 때문이었단 말인가…….'

단지 조휘의 기억만 씌워져 있을 뿐 자신의 인격은 오롯이 조영훈이다.

때문에 저장된 기억들을 꺼내 회상만 할 수 있을 뿐 그 감정까진 세세히 알 수 없었다.

이제 와서 확실하게 알 수 있는 것은 자신이 환생했을 그 당시 본래의 조휘는 죽었다는 것이다.

그게 아니라면 의식 속에 조휘의 영혼이 존재하지 않을 리가 없었으니까.

조휘는 전혀 다른 세계의 인간으로 삼십여 년을 살아왔기에 조혁에게 진정한 형제애를 느끼지는 못했다.

하지만 조휘의 자아가 완전히 사라진 것은 또 아니었다.

조휘가 빙그레 웃으면서 자신의 배를 들춰냈다.

"이제 다 나았는데. 흔적도 없다구."

매끈하면서도 강인한 복근.

"정말 내 동생이 맞는 거냐?"

"그 질질 짜던 형의 추태를 아는 사람이 나 말고 또 있나?"

"빌어먹을 자식."

하지만 조혁은 솟구치는 의문, 그 한 가지 의심만큼은 도저히 풀리지가 않았다.

"도대체 그 무공은 뭐냐? 어떻게 그럴 수가 있지?"

무공(武功).

그 지난한 공부를, 그 엄혹한 시련을 누구보다 잘 알고 있는 조혁이었다.

뒷산에서 십여 년간 몸을 단련해 오며 누구보다 열심이었다고 자부했지만, 그런 생각은 이곳 남궁세가에 오며 산산이 부서졌다.

세가의 인간들은 가히 날 때부터 무공만을 벼려 온 자들이었다.

그런 그들을 따라잡기 위해 육 년간 절치부심 수련에 수련을 거듭했지만 이룩한 경지는 겨우 이류(二流).

그 처절한 고련의 나날들을 생각하면 지금도 눈물이 앞을 가린다.

한데 자신의 기억 속 동생은, 검을 단련하기는커녕 운동조차 싫어했던 백면서생이었다.

그런 그가 무려 소검주를 이 합 만에 검으로 제압해 버린 것이다.

"아직도 모르겠어?"

"뭐……?"

조휘가 피식 웃었다.

"나는 무공도 천재라구."

그래. 지금은 이렇게 얼버무릴 수밖에 없는 거다.

지금까지 겪은 그 모든 일들을 자신조차도 믿기 힘든 지경인데, 형에게는 어떻게 설명할 수 있단 말인가?

"……빌어먹을 자식."

동생이 뭔가를 숨기고 있다는 것을 본능적으로 느끼고 있는 조혁.

하지만 동생이 저런 태도를 취하는 데는 이유가 있을 것이다.

조혁은 그저 인정하기로 했다.

"나는 철방으로 복귀하겠다."

조휘가 의문을 표했다.

"갑자기? 왜?"

광적으로 무공에 집착하는 형의 입에서 나온 말이라고는

쉽게 믿을 수가 없었다.

"네 녀석이 벌이고 다니는 짓의 규모가 너무 크지 않느냐! 그렇게 온갖 은원을 생산하면서 불안하지도 않은 거냐?"

조휘가 고개를 끄덕인다.

"형이 집을 지켜 준다면 안심이지."

"……양심도 없는 놈."

그 말을 끝으로 홱 하니 몸을 돌려 외원 쪽으로 발걸음을 옮기는 조혁.

조휘가 그렇게 멀어져 가는 형의 등을 바라보며 피식 웃었다.

형은 형인 건가?

곧 조휘가 음파를 차단하던 기막을 풀고서 제갈운에게 다가갔다.

"죄송합니다. 마저 말씀하시죠."

제갈운의 음성은 신중하게 가라앉아 있었다.

"이제 조 소협께서는 남궁세가의 봉공이시니 이 일은 세가주님과도 함께 의논해야 될 것 같네요."

제갈운의 그 말을 듣기라도 한 듯 세가주 남궁수와 간부들이 연무장의 중심으로 걸어오고 있었다.

곧 도착한 세가주 남궁수가 수염을 쓰다듬으며 입을 열었다.

"감찰소교위께서는 말씀해 보시게."

"가주님."

정중히 포권을 하던 제갈운이 대답했다.

"본래라면 맹에 복귀해 모든 상황을 보고해야 함이 마땅하지만……."

순간 제갈운의 눈빛에 현기가 어렸다.

"비무를 보고 생각을 바꿨습니다. 저는 조휘 소협과 함께 강서(江西)로 가겠습니다. 허락해 주십시오."

"온전히 자네의 뜻인가? 맹의 명령도 없이?"

"그렇습니다."

맹의 명령도 떨어지지 않았는데 홀로 단독 작전을 구사하겠다는 뜻이다.

그와 같은 권한은 맹에서도 호법에 준하는 직책을 지녀야만 가능한 터.

"뛰어난 성과가 없다면 그 책임이 무거울 텐데?"

"당연히 모두 제가 책임질 일입니다."

세가주 남궁수가 한참이나 더 수염을 쓰다듬다 눈빛을 번뜩였다.

"단둘이서 흑천련의 영역에 뛰어들겠다라…… 대담하군. 그래, 그 목적은 무엇인가?"

제갈운은 망설임 없이 대답했다.

"조휘 소협은 그 엄청난 무위에 비해 강호초출입니다. 남궁세가의 고수들에 비해 활동 영역이 굉장히 자유롭지요."

"그래서?"

"맹의 첩보 조직, 은봉령(銀奉令)은 만만한 조직이 아닙니다. 분명 흑천련의 살수들을 피해 은신하고 있는 자들이 있을 겁니다. 저는 그들을 구해 낼 생각입니다. 그들이 그간 수집해 온 정보들을 취할 수 있다면 더욱 좋겠지요. 나아가 여건만 된다면 은봉령을 다시 재건할 목적도 있습니다."

곰곰이 생각해 보던 세가주 남궁수가 의혹의 눈초리로 제갈운을 응시했다.

"그것이 과연 가능하겠는가? 그곳은 남창이네."

남창(南昌).

흑천련의 본단이 있는 용담호혈이다.

제갈운이 조금은 허탈한 눈으로 조휘를 응시했다.

"그는 강호에 알려지지 않은 절대(絶大)니까요."

세가주 남궁수의 시선도 함께 조휘를 향했다.

"허나 내가 허락한다고 해도 우리 봉공께서 뜻을 세우지 않는다면 무용지물이 아니겠는가?"

순간, 조휘의 얼굴이 야차처럼 번들거렸다.

"내 재산을 탐내는 흑도사파 놈들입니다. 협조를 하지 않을 이유가 없지요. 단⋯⋯."

조휘의 두 눈이 시리도록 투명해졌다.

"맹의 은봉령을 재건? 그건 참 찰진 개소리군요."

조휘는 자신의 것을 탐낸 인간들을 결코 용서할 생각이 없었다.

그것이 흑천련이든 무림맹이든.

한없이 차가운 얼굴의 조휘.

이에 제갈운이 입술을 물어뜯으며 초초함을 드러냈다.

조휘에게 섣불리 맹의 으름장을 언급한 것이 화근이었다.

애초에 그가 절대경이라는 것을 미리 알았더라면 그런 허접한 으름장 따위를 입 밖으로 내뱉지도 않았을 것이다.

맹렬히 두뇌를 회전하는 제갈운.

곧 그가 생각을 정리한 듯 섭선을 펼쳤다.

"좋아요. 은봉령을 재건하는 건 맹의 일이라고 해 두죠. 하지만 그들이 수집해 온 정보를 취하는 일은 조가대상회 입장에서도 그리 나쁘진 않을 텐데요?"

"음……."

조휘가 침중하게 얼굴을 굳히며 생각에 빠져들자 제갈운이 더욱 설득력을 보탰다.

"이미 조가대상회 내부에 흑천련의 세작이 스며들어 활개를 치고 있을지도 모르는 일이죠. 그런 흑천련의 동태를 한눈에 파악할 수가 있는데 망설일 것이 뭐가 있죠?"

무림맹 최고의 첩보 조직이라는 은봉령이다. 그런 그들이 수집해 온 정보는 결코 가볍지 않을 것이다.

"좋아요. 협조하겠습니다."

무림맹의 꼭두각시는 사양이다.

하지만 조가대상회의 적을 제거할 수 있다면 조휘는 철저히 무림맹을 이용할 생각이었다.

조휘의 대답을 들은 제갈운이 세가주 남궁수를 향해 정중히 포권했다.

"조휘 소협께서 뜻을 세우셨습니다. 이제 가주님의 허락만 남았습니다."

침중한 신색의 세가주 남궁수가 문득 남궁장호를 쳐다본다.

아들의 열정 가득한 얼굴.

그 열기 어린 두 눈이 태양처럼 이글이글거리고 있다.

지금 아들이 무엇을 원하는지 아비된 자로서 모를 수가 없었다.

"조건이 있네."

한데 제갈운이 단칼에 거부했다.

"아드님의 동행을 요청하시는 거라면 안 된다고 잘라 말씀드리겠습니다."

"……허!"

마치 자신의 생각을 읽기라도 한 듯한 제갈운의 대답에 세가주 남궁수의 눈빛에 기이한 빛이 일렁였다.

소문으로만 총명하다고 전해 들었을 뿐이었는데, 실제로 접해 보니 과연 소제갈이라 불릴 만한 청년이었다.

"이유를 들을 수 있겠는가?"

제갈운이 남궁장호를 바라보며 미간을 찌푸린다.

"소검주는 너무 정도명가(正道名家)입니다."

최대한 신분을 숨긴 채 은밀하게 활동해야 하는 마당이었다.

한데 남궁장호는 명문의 자세가 온몸에 배어 있는 정파인 이다.

그의 영혼에까지 아로새겨진 정파의 자부심은 사파의 영역에서 활동하는 데 아무런 도움이 되지 않는다.

한데 남궁수가 가소롭다는 듯 웃고 있었다.

"그거라면 자네도 마찬가지 아닌가? 제갈세가는 어디 좌도방문(左道傍門)이란 말인가?"

"그, 그래도 저는……!"

남궁수가 나직이 고개를 가로저었다.

"본인의 재지(才智)는 남다르다 말할 참인가? 내가 보기에 강호의 경험이 일천한 것은 둘 다 마찬가질세. 장호야."

갑작스런 아버지의 부름에 남궁장호가 엄정한 예로 몸을 숙였다.

"예, 아버지."

남궁수의 시선은 어느덧 저 멀리 외원 쪽으로 향해 있었다.

"흑도사파(黑道邪派)를 가르쳐 줄 훌륭한 선생을 네가 데려오지 않았느냐?"

남궁장호의 두 눈이 거칠게 흔들린다.

문책을 당할까 봐 애써 쉬쉬해 왔다.

한데 장일룡의 정체를 이미 알고 계셨단 말인가?

"네 녀석과 함께 적웅질풍대와 맞선 세가의 후기지수들이 몇 명인데 그 비밀이 지켜질 성싶었더냐?"

오대세가의 수좌를 다투는 가문의 행사가 허술할 리가 없는 터.

"그 성질 급한 녹림대왕이, 육 년이 지난 지금까지도 본 세가에 쳐들어오지 않은 것이 이상하다고 생각되지 않느냐?"

"아⋯⋯!"

세가주 남궁수가 근엄하게 아들을 꾸짖었다.

"이 아비에게 뭔가를 숨기는 일은 다시는 없어야 할 것이다."

"아, 알겠습니다!"

흡족한 듯 다시 온화한 얼굴로 돌아온 세가주 남궁수가 다시 세 명의 후기지수들을 훑었다.

"적의 영역에서 첩보 활동을 하는 것은 그야말로 목숨을 걸어야 할 일이네. 모두 우리 외원 무사 장일룡 소협에게 사파를 배우도록 하게."

조휘도 인정한다는 듯 고개를 끄덕였다.

"알겠습니다."

외원을 지키는 호위, 그 임무 교대시간은 신시(申時).

그렇게 장일룡은 이제 막 합빈관으로 출근하려던 참이었다.

한데 갑작스럽게 자신의 방으로 쳐들어온 남궁장호와 제

갈운.

곧 짜증이 가득 담긴 그의 목소리가 불청객들을 향했다.

"바빠 죽겠는데 무슨 일이요? 어?"

제갈운의 뒤편에서 따라 들어오고 있는 조휘마저 발견한 장일룡.

"……형님은 또 왜? 무슨 중대한 일이라도 생긴 거요?"

자신의 방으로 들어서는 세 형님(?)들의 안색이 보통 심각한 것이 아니었던 것.

남궁장호가 굴욕감 가득한 얼굴로 뇌까린다.

"네, 네놈에게 사파의 예(禮)…… 아니, 사파의 방식을 배우려고 왔다."

"사파의 방식?"

제갈운이 한심하다는 듯 남궁장호를 쳐다보다 입을 열었다.

"그게 아니라 장 소협. 우리는 곧……."

이어 제갈운의 짧은 설명이 이어졌다.

어떻게 하면 사파의 영역에서 정파인이라는 것을 들키지 않고서 활동할 수 있을지, 또 주의할 점은 없는지 등.

물론 맹의 임무를 수행한다는 점은 알리지 않았다.

아무리 장일룡이 정파라 자처하고 있다 한들 아직은 믿을 수 없었기 때문.

"흠……."

턱을 괸 채 잠시 생각하던 장일룡이 별안간 엄정하게 포권을 했다.

"이 장 모, 그대들에게 정중히 요구하겠소. 내 방에서 나가 주시오."

장일룡이 갑자기 예를 다해 요구하자 남궁장호와 제갈운이 어쩔 수 없이 마주 포권하며 예를 갖췄다.

"알겠다."

"알겠어요."

한데 장일룡의 반응이 이상하다.

마치 한심하다는 듯한 얼굴로 그 둘을 번갈아 훑고 있는 것이다.

"어휴. 가장 기본적인 것부터 안 되네. 상대가 조금만 예를 갖추면 곧바로 포권부터 하잖소."

남궁장호가 멀뚱한 얼굴로 고개를 갸웃거렸다.

"그게 뭔 소리냐? 상대가 예를 표하는데 당연히 예를 다해 맞이해야……."

"어휴 씻팔! 포권 한 방에 바로 정파인이란 것이 들통나겠네. 아예 그냥 이마에 정파라고 문신을 하고 다니는 건 어떻수?"

그 말에 가장 충격을 받은 사람은 제갈운이었다.

내심 자신의 심기와 재지 정도라면 능히 사파의 영역에서 활동할 수 있으리라 여겼던 것.

한데 그런 자신감이 포권 한 방으로 모조리 무너져 버린 것이다.

순간, 기습적으로 또다시 포권 자세를 취하는 장일룡.

"하……?"

"……."

또 본능적으로 마주 포권 자세를 취해 버린 남궁장호와 제갈운이 머쓱한 표정으로 슬며시 포권을 푼다.

어깨가 축 처진 것으로 보나 우울한 표정으로 보나 둘 다 의기소침해진 기색이 역력하다.

"그냥 포기하시지? 이미 정도명가의 예의범절이 골수까지 치민 형님들이오. 이건 연습한다고 해서 될 문제가 아닌 것 같소만."

그때 조휘가 끼어들었다.

"우리 대상회를 차지하려는 놈들이 있습니다. 우린 그놈들을 잡으러 가는 길이죠."

장일룡이 금방 호기심을 드러낸다.

"허? 감히 어떤 후레자식들이?"

"흑천련."

장일룡이 두 눈이 휘둥그레졌다.

"……흑천련?"

같은 사파라고 해서 다 사이가 좋은 것은 아니다.

녹림칠십이채와 흑천련은 장강의 영역을 두고 오랜 세월 반목해 온 역사가 있었다.

"그 욕심만 많은 시꺼먼 놈들이 우리 대상회까지 넘봐?"

우득우득.

온몸의 관절을 꺾으며 호기롭게 투기를 내뿜던 장일룡이 결심한 듯 얼굴을 굳혔다.

"형님들이 우리 대상회를 도와준다 그거요? 좋소. 내 사흘 안에 형님들 모두 정파의 물을 쫙 빼 드리지."

곧 장일룡의 강렬한 눈빛이 남궁장호를 향했다.

"특히 장호 형님. 싸울 때 초식명 외치기 금지."

사파인의 입장에서 가장 한심해 보이는 것이 바로 정파인들의 초식명 외치기다.

생사를 걸고 결투를 벌이는 게 무슨 소꿉장난도 아니고, 허구한 날 무슨 구룡천단세! 백화일점홍! 외치며 싸우는 꼬락서니를 보고 있자면 여간 우스운 꼴이 아닐 수 없었다.

노련한 고수들은 초식명만 들어도 방비가 가능한 터.

일부러 져 줄 생각이 아니라면 초식명 외치기는 반드시 없애야 할 버릇이었다.

"도대체 기수식을 취할 때 초식명은 왜 외치는 거요? 내가 이런 방법으로 공격할 테니 알아서 피해라 뭐 그런 느낌인 거요?"

"아니 그건……!"

뭐라 해명을 하려다 금세 포기하고 마는 남궁장호.

사실 초식명을 외치는 이유는 장일룡이 말한 그대로였기 때문이다.

정도명가의 무예란 상대를 존중하며 예를 다하는 마음가

짐으로부터 비롯된다.

비무에서 상대를 상하게 하는 것을 방지하기 위해 먼저 초
식명을 알려 주어 방비하기 쉽도록 배려해 주는 것.

이런 예와 배려가 소싯적부터 반복되다 보니 어느새 몸에
익어 버린 것이다.

물론 또 다른 이유도 하나 더 있다.

좀 멋들어져 보인다는 것.

남궁장호 역시 그 멋을 포기할 수 없었던 사내였다.

장일룡이 의미심장한 웃음을 지으며 남궁장호를 응시한다.

"흑도에 소면독비(笑面毒匕)라는 악랄한 놈이 있수. 그놈
의 특기가 뭔 줄 아슈? 웃는 얼굴로 포권하다가 독비를 날리
는 거요. 그야말로 소리장도(笑裏藏刀)의 표본이라 할 수 있
는 놈이지."

"……."

남궁장호로서는 상상도 해 보지 못한 인물이었다.

감히 무인(武人)을 자처하는 자가 어찌 그런 야비한 짓을?

"흡정마동(吸精魔童) 악소군(岳少君)이란 이름은 들어 보
셨수? 그는 세상에서 가장 불쌍한 아이의 얼굴을 하고 있다
고 하지. 그는 자신을 안쓰러워 안아 주는 자들의 정혈(精血)
을 모조리 갈취하여 내공으로 갈무리하오."

장일룡의 눈빛이 더욱 침잠했다.

"다리를 쩔뚝거리며 병신인 척하는 사내도 조심해야 할 거

요. 철패마각(鐵覇魔脚) 가득수(可得數)의 기습적인 각법에 대가리가 쪼개진 고수들만 기백이 넘소. 그리고…….”

그렇게 장일룡은 흑도사파의 유명한 고수들의 특징을 모두 읊어 주고 있었다.

조휘가 황당한 얼굴로 뇌까렸다.

“정상인 놈들이 단 하나도 없구만. 죄다 미친놈들뿐이네.”

“흐흐. 아무튼 흑도사파의 기본적인 속성은…….”

“……통수네. 뒤통수.”

“바로 보았수 형님.”

사파인들의 실체를 모두 듣고 나니 자신이 얼마나 우물 안의 개구리였는지 깨닫게 되는 남궁장호.

그런 감정은 제갈운 역시 매한가지였다.

“노회한 사파의 노고수들이 왜 하나같이 차갑고 냉정한지 이제 알겠수? 그런 차가운 독심이 아니면 그 살벌한 세계에서 살아남을 수가 없기 때문이지. 통수의 통수에 통수까지 처맞는 곳이 바로 흑도(黑道)요.”

모두의 얼굴이 침울해졌다.

정도명가의 귀공자로 살아온 소가주들에게 적나라한 강호의 실체는 결코 만만하게 다가오지 않았다.

강호의 낭만?

사파의 영역에 뛰어들기로 한 이상 그런 나긋나긋한 마음은 이제 접어야 했다.

"자, 그리고 제갈 형님?"

"왜, 왜요?"

장일룡이 갑자기 자신을 응시하자 주춤 뒤로 물러나는 제갈운.

"형님도 일단 고상한 그 부채질부터 금지. 그리고 알게 모르게 학사의 분위기를 풍기는 그 눈빛도 금지."

어느새 봉황금선을 꺼내 고아한 자태로 부채질을 하고 있던 제갈운이 기겁을 하며 부채를 접었다.

"아, 아니 이건 왜 금지죠?"

장일룡이 나직이 한숨을 쉬다 눈을 부라렸다.

"나 귀공자요! 나 학사요! 나 돈 많은 집안의 자제요! 계속 그렇게 온몸으로 말하고 다닐 거요?"

"⋯⋯."

"흑도사파는 기본적으로 밑바닥 인생들이요. 먹고사는 것 자체로 이미 고달픈 인생들에게 학문이란 어떤 느낌이겠소? 명문의 자제? 배부른 자의 특권?"

제갈운의 어깨가 또다시 축 처지자 장일룡이 형님들 세 명을 차례로 응시하며 거칠게 입을 열었다.

"야이 싯팔 젖비린내 솔솔 풍기는 정파 모지리 새끼들아! 네깟 놈들이 니미 뭔 사파 흉내야 사파 흉내는! 가서 어미젖이나 더 빨고 와라! 와하하하하!"

"이런 개자식이!"

"하!"

남궁장호와 제갈운이 벌떡 일어나며 기수식을 취하자.

"욕 한 번 들었다고 부들부들 떨면서 무기부터 뽑으면 십중팔구 정파인!"

"이, 이런 미친 놈!"

"흥! 장난도 정도껏 하시죠!"

장일룡의 의미심장한 시선이 조휘를 향했다.

"진정한 사파인이라면 이런 하찮은 욕설 따위에 절대 흔들리지 않수. 그저 냉정하게 상대의 눈이나 소매를 살필 뿐이지. 왁자지껄한 놈들은 십중팔구 눈길을 끌고 하독(下毒)하거든."

"……허!"

차갑게 눈을 빛내던 조휘가 음침하게 웃었다.

"나는 태생이 사파 쪽인가 봅니다. 장 부장."

장일룡이 욕설로 시선을 끈 후 소매에서 슬며시 꺼낸 비수.

그 비수를 흔들림 없는 눈으로 매섭게 쏘아보고 있던 유일한 자.

그가 바로 조휘였다.

장일룡이 꺼낸 비도로 화려하게 재주를 부리다 모두를 훑어보았다.

"이런 욕은 흑도사파에서는 아주 착한 욕에 속하는데……부모 욕이라도 듣는 날에는 아예 게거품을 물고 달려들겠수?"

이어 멍하니 굳어 있던 형님들을 향해 장일룡이 거칠게 소리친다.

"특훈을 시작하겠소! 장호 형님! 제갈운 형님! 서로를 마주
보고 상대의 모든 단점을 찾아 욕하시오! 부들부들 몸을 떤다
든지 입술을 깨문다든지! 즉 동요하면 그 즉시 패배요!"

◆ ◈ ◆

한 사람의 무공이 셀 수는 있다.

물론 돈 버는 재주도, 고명한 학식도 함께 지닐 수 있다.

재능을 타고났다면 충분히 가능한 일이니까.

하지만 남궁장호는 이건 도저히 말도 안 된다고 생각했다.

"돈만 밝히는 몰염치한 장사치!"

"응 느금."

남궁장호는 눈꼬리가 파르르 떨리는 것을 억지로 참으며
또다시 거칠게 일갈했다.

"입심만 센 아첨꾼!"

"응 느개비."

부들부들.

남궁장호가 도저히 참지 못하고 자리를 박차고 일어났다.

"으아아아!"

한 치의 동요도 없는 무심한 눈으로 앵무새처럼 부모 공격
만 해 대고 있는 조휘를 도저히 당해 낼 수가 없었던 것.

"와!"

이를 지켜보던 장일룡도 감탄에 감탄을 거듭할 수 없었다.

보통 정파인이라면 상대의 부모를 들먹이는 것이 조금이나마 양심에 찔릴 만도 한데 조휘에게는 그런 것이 아예 없었다.

그렇다고 무슨 거창한 욕은 아니다.

응, 당신 엄마.

응, 당신 아빠.

묘한 어감만 제외한다면 사실 욕이라고 부를 수 있는 말도 아니었다.

그 묘한 어감이 욕보다 더 지랄 맞게 상대의 가슴을 후벼 판다는 것이 문제지만.

이런 인재(?)가 왜 정파에서 썩고 있는지 이해가 되지 않을 정도다.

"조휘 형님에게 이 수련은 그다지 의미가 없는 것 같수."

문득 조휘가 의미심장한 미소를 짓는다.

그 살벌한 현대의 인터넷 세계에서 온갖 패드립과 비속어로 단련된 강철의 멘탈을 지닌 자신이었다.

이런 욕 배틀쯤은 그야말로 누워서 떡 먹기에 불과한 것이다.

애초부터 이 말랑말랑하고 새뽀얀 명문정파의 후기지수들과는 레벨부터 달랐던 것.

"흠……."

남궁장호를 바라보는 장일룡의 표정은 복잡했다.

사실 사파인들 간의 말싸움, 그 욕지거리는 이보다 심하면 심했지 결코 약하지 않았다.

한데 남궁장호는 너무 참지 못했다.

평생을 명문가의 자제로 살며 닦아 온 예절과 특권 의식이 그의 발목을 잡고 있는 것이다.

무력을 쓸 수 있는 상황이면 애초에 이런 짓을 할 필요도 없었지만, 첩보 활동이 목적이었기에 어쩔 수 없이 이 문제는 매듭을 짓고 가야 했다.

"차라리 남궁 형님은 묵언(默言)을 함이 어떻수? 괜히 말싸움 같은 데 휘말리지 말고 그저 피풍의에 삿갓 하나 깊게 눌러쓰고 낭인인 척 무게만 잡고 있는 거요."

제갈운도 동의한다는 듯 고개를 끄덕였다.

"그게 좋겠네요. 조휘 소협과 저를 호위하는 설정으로 가시죠."

조휘도 고개를 끄덕인다.

"그런 방법이 있었군요."

어차피 저런 유리 멘탈은 수련한다고 극복할 수 있는 게 아니다. 극복할 수 없다면 숨기는 것 또한 하나의 방법이 될 수가 있었다.

이런 모두의 의견에 남궁장호가 공허한 눈으로 창밖의 먼 산을 바라보았다.

장장 두 시진 동안의 욕설 비무(?)로 인해 영혼마저 바스러진 느낌이다.

지금까지 난 뭘 한 거지?

그럼 처음부터 그럴 것이지!

남궁장호가 이 악물고 자리를 털고 일어난다.

"언제 출발할 것이오?"

조휘도 어깨를 풀며 자리에서 일어났다.

"일단 대상회에 당분간의 제 부재를 알리고 이런저런 잡무를 마무리한 후에 출발하려고 합니다."

어느덧 깔끔하게 예의를 차리고 있는 조휘를 쳐다보며 남궁장호가 고개를 절레절레 저었다.

비록 아무런 감정도 갖지 말자는 약속과 함께 시작한 욕설 비무였지만, 아직도 자신은 천 갈래 만 갈래 찢어진 가슴, 그 후폭풍에 몸서리를 치고 있는 마당이었다.

허나 눈앞의 이 인간은 그 엄청난 무공도 그렇지만 부동심 역시 천년거암(千年巨巖) 같다.

확실히 보통의 인간이 아니다.

"알겠소. 기별을 넣어 주시면 그 즉시 합류하겠소."

"알겠습니다."

그렇게 남궁장호가 문밖으로 나가자 조휘의 침잠한 눈빛이 제갈운을 향했다.

"흑천련에 속한 무인들만 팔천이라 들었습니다."

버릇처럼 봉황금선을 펼치려던 제갈운이 어색한 얼굴로 다시 봉황금선을 소매에 집어넣었다.

"예. 그들 중 절반이 남창의 본단에 있지요."

조휘 역시 그 사실을 알고 있는 바.

곧 그의 얼굴에 한가득 의문이 떠올랐다.

"그러니까요. 그렇게 흑천련의 고수로 득실득실한 남창에, 경험도 일천한 우리들끼리 가서 뭘 어떻게 은봉령을 추적한단 말입니까?"

제갈운의 얼굴에 의미심장한 미소가 피어올랐다.

"방원 삼십 장 이내의 모든 은잠술을 파악하는 어기통(御氣通), 상대의 전음을 엿들을 수 있는 천음경(天音境), 인피면구를 꿰뚫어볼 수 있는 통천안(通天眼). 한꺼번에 상대할 수 있는 절정고수의 수는 일백 이상, 초절정 고수는 삼십 이상, 화경은 다섯…… 이게 제가 배운 절대(絶大)입니다."

"……"

"더 말씀드릴까요? 만독불침(萬毒不侵), 한서불침(寒暑不侵), 금강불괴(金剛不壞), 검강지경(劍罡之境), 어검술(馭劍術), 어검비행(御劍飛行)……"

"그만. 그만하시죠."

삼 년간의 깨달음, 그 긴 무아경으로 인해 자신에게 엄청난 검공(劍功)이 아로새겨진 것은 사실이었다. 허나 저런 엄청난 경지들은 금시초문인 조휘였다.

"절대라는 이름 앞에서는 모든 전략 전술, 상식이 무너지는 법이죠. 우리 신기제갈이 가장 경계하는 힘이요, 두려움입니다."

"……."

"무엇보다 동료들의 안위를 배제한다면 당신 스스로의 몸은 충분히 내뺄 수 있다는 거죠. 절대니까요. 그것 하나만 해도 엄청난 겁니다. 최악의 경우에도 맹이나 남궁세가에 상황을 알릴 수 있으니까요."

절대경의 무인이 가장 무서운 것은 마음먹고 도주한다면 잡을 길이 없다는 것이다.

이리 치고 저리 치고 내뺄기만 한다면 아무리 많은 수의 무인이 방비하고 있다고 해도 감당하는 것이 거의 불가능했다.

그래서 절대란 이름의 무게가 그만큼 무거운 것이다.

"규격외의 존재란 뜻이군요."

"가장 정확한 표현이네요."

현대에도 그런 것이 있긴 하다.

군의 모든 전술 교범을 백지로 만들어 버리는 절대적인 힘.

한 국가의 모든 인적 자산, 자원력, 경제력, 군사력을 무의미하게 만들어 버리는 초월적인 비대칭 전략 무기.

지금 조휘는 그런 핵무기와 비슷한 취급을 받고 있는 것이다.

조휘는 걸어 다니는 핵무기 취급을 받는 것이 썩 유쾌하지만은 않았다.

"제게 너무 큰 기대를 거는군요."

"절대(絶大)니까요."

뭔 말만 하면 앵무새처럼 절대 절대만을 반복하는 제갈운에게 조휘가 짜증스런 표정을 지어 보였다.

"아니 무슨 절대가 무적도 아니고, 그래 봐야 한 사람에 불과한데 뭔 종교처럼 신봉하십니까?"

"같은 절대를 만나지 않는 이상 절대는 틀림없는 무적(無敵)이에요. 신봉이요? 맞아요. 신기제갈이 유일하게 두려워하고 신봉하는 것이 절대경의 무인이죠. 그 어떤 뛰어난 전략과 필승의 계책일지라도 절대라는 이름 앞에서는 폐기될 수밖에 없습니다."

이런 제갈운의 가치관이 흔들림 없는 이유는 절대경의 위대함을 오랜 강호의 역사가 증명해 주고 있었기 때문이다.

-저 아이는 네놈의 반쪽짜리 절대(絶大)를 너무 맹신하고 있구나.

'내 말이요.'

사실 조휘의 절대경은 조금 애매했다.

조휘는 그 혹독한 무(武)의 수련, 그 인고의 세월을 단 한 번도 겪지 못했다.

정갈히 내공의 기초를 닦고, 권장술로 체력을 단련하며, 각종 무공 이론을 두루 섭렵한다.

기초가 무르익으면 안법(眼法)을 익혀 투로를 눈에 새긴 후, 그 형(形)을 다시 몸에 새긴다.

헤아릴 수 없는 명상을 통해 최적의 투로를 벼리고 가다듬는다.

그 와중에도 내외공은 치우침 없는 균형을 이뤄야 하며, 정신 또한 늘 의지견정하게 유지해야 주화입마에 들지 않는다.

무학(武學)은 지독한 수신(修身)이었다.

한 인간이 그 엄혹한 고련의 시간 속에서 얻을 수 있는 것은 단순히 무공의 경지가 다가 아닌 것이다.

한데 조휘의 경우에는 이처럼 오랜 세월의 고련을 거쳐 마침내 깨달음의 경지를 밟아 절대경을 이룩한 것이 아닌, 검신(劍神)이라는 존재로 말미암아 편법으로 이룩한 경지였다.

현재 조휘가 무공으로서 익히고 있는 것은 단 세 가지.

검천대신공으로 이룬 공단(空丹).

검총에서 얻은 검천전능지체(劍天全能之體)와 의념절기인 천검류(天劍流).

검신은 이런 조휘의 상태더러 세 살짜리 아이가 천하의 절대명검을 들고 있는 기묘한 형국이라 말했다.

상황이 이럼에도 검신은 강호에 조휘를 능가하는 고수가 채 열을 넘지 않을 것이라고 장담했다. 그만큼 천검류가 인외(人外)의 검법이라는 뜻이었다.

사실 조휘는 제갈운이 말한 절대경에 오른 무인의 특성을 단 하나도 가지고 있지 않았다.

안법조차 익힌 적이 없는데 무슨 통천안의 조화를 부릴 수 있으며, 전음입밀의 원리조차 모르는데 어찌 천음경의 경지로 타인의 전음을 엿들을 수 있겠는가.

더욱이 외공 한 번 익힌 적 없는 몸으로 무슨 금강불괴며, 독 한 번 맛본 적도 없는 마당에 만독불침은 더더욱 말이 되지 않았다.

막말로 조휘는 엄청난 내공, 세상을 물리학적으로 바라볼 수 있는 백안, 그리고 천검류라는 희대의 의념검법, 이 세 가지 외에는 아무것도 없는 것이다.

경공술, 보법, 귀식대법, 전음입밀, 진기요상술, 역용술, 추종술, 잠행술, 초보적인 음공(音功), 수공(水功), 천근추 등 풍진강호를 살아가는 강호인이라면 기본적으로 익히고 있어야 할 모든 것들이 조휘에게는 없었다.

"뭔가 오해를 하고 계시는 모양인데…… 저는 일단 당신이 생각하는 그런 절대경이 아닙니다."

이게 말로 하긴 참 애매하다.

절대경은 절대경인데, 강호의 상식 속에 있는 그런 절대경이 아닌 것이다.

절대의 경지, 그 가장 큰 특징은 뜻(意)을 세우면 형(形)이 함께 일어나는 의형지도(意形之道).

그런 관점이라면 조휘의 경지는 일단 절대경이 맞긴 맞았다.

"남궁세가의 최고수인 세가주님과 창천검선께서 당신의 경지를 공언하셨는데 그게 무슨 소리죠?"

조휘가 지끈거리는 미간을 매만졌다.

만약 그의 머릿속에 그려진 책략과 구상이 자신의 무공으로부터 비롯된 것이라면 반드시 바로잡아야 했다.

자신의 진실된 능력을 알려 주어 그의 책략을 보정해 주든지.

아니면 자신이 진짜로 강호의 보편적인 절대경이 되든지.

이 둘 중 하나는 반드시 선행되어야 하는 것이다.

'……가만?'

이 모든 것은 남궁세가의 어른들로부터 비롯된 오해다.

가만히 생각해 보니 그들로 하여금 책임지게 하면 그만이지 않은가?

"일단 조가객잔에 당분간 묵고 계시죠. 저는 준비를 좀 해야 될 것 같습니다."

"당분간? 얼마나요?"

"글쎄요. 이레에서 보름? 어쩌면 한 달?"

"마, 말도 안 돼! 상황이 급박해요! 그 정도의 시간은 없습니다!"

"그럼 먼저 남창에 가 있든가요."

제갈운이 한참을 입술을 짓씹다 다시 입을 열었다.

"사흘 드리죠. 그 이상은 절대 안 됩니다. 당신의 조가대상회가 모두 불에 탈지도 모른다고요!"

순간 심각하게 굳어지는 조휘의 얼굴.

"한번 노력해 보죠."

제갈운은 그 말을 끝으로 휑하니 나가 버리는 조휘의 뒷모습을 한참이나 응시하고 있었다.

〈3권에 계속〉